紅樓夢小人物 I

微塵眾

蔣勳

夢紅樓系列

我喜歡《金剛經》說的「微塵眾」，
多到像塵沙微粒一樣的眾生，
在六道中流轉。

——蔣勳

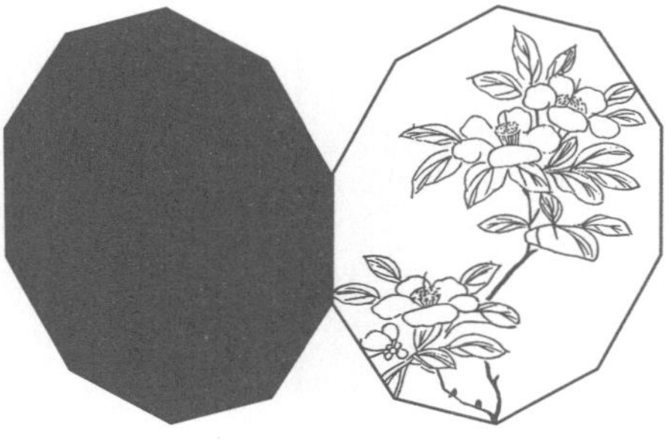

目次

自序——

碎為微塵的眾生

《紅樓夢》多看幾次的朋友，大多會從原有關注的林黛玉、薛寶釵、賈寶玉幾個主角，轉到對一些小人物的關心。

其實，賈寶玉夢入「太虛幻境」，翻看了自己家族女子命運的帳冊，他最早翻開的，也不是首善的十二金釵正冊，而是又副冊。又副冊裡記錄的是丫頭們的命運。可見，名稱雖有「正」、「副」，《紅樓夢》作者在書寫上並無先後，卻有一視同仁的平等心。他花在寫丫頭金釧、襲人、晴雯、平兒、鴛鴦，甚至小紅、芳官、司棋……這些人身上的心血，一點不會比小姐們少。

除了丫頭以外，《紅樓夢》裡許多人物，像不知名農村裡無名無姓的二丫頭，像會作法唸咒支使小鬼的馬道婆，像懂得利用權貴打黃牛官司的淨虛女尼和她下面有點姿色被秦鐘強暴的小尼姑智能兒，這些人，出場一兩次，故事不多，卻留下很清晰的畫面，也留下了很大的讓讀者思考反省的空間。

《紅樓夢》的男性主角好像就是一個，賈寶玉。但是多讀幾次，也會開始注意到作者關心的人物如此多，第十一回、十二回，賈瑞是寫得極好的一個，他的暗戀王熙鳳如此強烈，難堪卑微，至死不悟，讓人心痛。賈瑞讓我想到許多現世社會裡在不克自制的愛情慾望中一步一步走向自我毀滅的男子。

薛蟠也是作者花極多心思塑造的角色，他簡直是一個無法無天的花花大少，不學無術，粗俗可笑。但看得出來，作者並不覺得薛蟠心壞，他是典型被寵壞的官二代、富二代。他的手下豪奴打死了馮淵，他可能根本都不知道，因為自然有家族權勢者去打點訴訟官司，他連衙門也不用去。

蔣玉菡，一個在舞台上反串女角的俊美男子，他像今天的第三性公關，男男女女大概都要交陪。他跟賈寶玉、北靜王都有交情，關係曖昧，作者點到為止，沒有直說。但蔣玉菡是被權貴的忠順親王包養的男寵，外面傳說蔣玉菡跟寶玉要好，忠順親王府就派人到賈家拿人，害寶玉被父親痛打一頓。

《紅樓夢》的作者在靜觀來來去去的眾生，各自有各自的因果，各自要了各自的冤業，作者悲憫，但似乎連救贖之心也沒有。一落救贖，大概也就有了偏見執著吧。

微塵眾

我喜歡《金剛經》說的「微塵眾」，多到像塵沙微粒一樣的眾生，在六道中流轉。「以三千大千世界，碎為微塵，於意云何？是微塵眾，寧為多否？」鳩摩羅什當時為何用了「碎」這個字？我眼前的人，親人、朋友、愛侶、仇怨、寵物或流浪狗；我眼前的物，房子、車子、電腦、財寶或金錢，這些「微塵眾」，碎為微塵的眾生，流浪生死途中，有時真如灰飛煙滅吧。

仰望晴日夜空，無數星辰，密密麻麻，大大小小，遠遠近近，多如恆河沙。漫天無邊、無盡、無量的星辰，也讓我會想到「微塵眾」。

然而，佛說：微塵眾，即非微塵眾，是名微塵眾。

所以連那密密麻麻、遠遠近近、大大小小的天河星辰，也只是一夜的幻象嗎？

我因此可以回到人間，靜觀眼前來來去去、哭哭笑笑、愛憎嗔怒、怨親糾葛、悲喜無常的眾生了。

在繁華的街市，眾生行走，確實都如魂魄。如果是魂魄來來去去，是否仍然惹人牽掛。

在河邊做復健的功課，每天行走一萬步，功課之餘，認識很多流浪狗。有本來出生在河灘上、自己覓食長大的；也有的是主人帶來棄養的，脖子上還帶著頸圈。一隻小白狗，頸圈是粉紅色的，上面打著不鏽鋼製作、一個扣一個的心型裝飾。小白狗畏縮可憐，渾身發抖，茫茫然四顧，嚶嚶哽咽泣叫。我在手掌上餵牠食物，牠從畏懼到一一舔食。食物吃完，柔軟的舌頭觸碰著我的掌心。我看著牠的頸圈，一個扣一個的同心結，不鏽鋼的，閃閃發亮，想像著熱戀的情侶，為寵物買一個頸圈，特別選了心與心相扣的符號。是要提醒相愛、相牽掛的心永遠不離不棄嗎？是什麼原因這寵物又被棄養了呢？

朋友急著問：「你收養那小白狗了嗎？」

「沒有。」我說。

我心裡沮喪惆悵，或許知道心與心的牽掛也可能只是枉然。「無有一眾生實滅度者」，《金剛經》說得如此決絕篤定。

即使在流浪狗中，我也還有這麼多的「憎」與「愛」，牽掛也只是自己的執著吧。每天餵流浪狗，有一天才發現那隻皮包骨、形貌極難堪的癩皮狗，我還是害怕牠靠近，牠一跟來，我就趕緊把食物丟給牠，讓牠在遠處嚼食。

然而那粉紅頸圈的小白狗是可以舔我掌心、靠在我腳邊、是我喜歡撫摸的。

我們有這麼多「憎」與「愛」，或離棄，或牽掛，想到碎為微塵的眾生，便一時啼笑皆非。

王狗兒

《紅樓夢》裡薛寶釵有一個頸圈，上面扣一把金鎖，鎖上鐫刻著「不離不棄」四個字。

我想到小白狗粉紅色頸圈上的心心相扣。

《紅樓夢》這本書中的薛寶釵、林黛玉，談的人都太多了。有時候覺得《紅樓夢》要談的似乎也並不是主角，而是「微塵眾」。是薛蟠，是賈瑞，是馮淵，是香菱，是北靜王，是金榮，是不知名農莊的二丫頭，是地方上的潑皮無賴放高利貸的倪二，是賈雨村做官時在一旁侍候的跟班「門子」。「門子」就是站在門口聽候差遣的衙役僕從，他連名姓都沒有，然而小說讀過，常惦記他的下場。

《紅樓夢》裡有人真把孩子取名「狗兒」的，就是劉姥姥的女婿。狗兒姓王，父親叫王成。王成的父親（狗兒的祖父）在京城做過小官，跟同樣姓王的王子騰家族連了宗。

以後風水輪流轉，王子騰這一支，官越做越大，成為賈、王、史、薛四大家族之一，權勢烜赫，出了精明能幹的一個女兒王熙鳳。王成這一族，卻沒落了。孩子生下來取名狗兒，住在鄉下，娶了劉氏為妻，生了一男一女，男的叫板兒，女的叫青兒。狗兒務農，白日也打點零工補貼生計。劉氏提水洗衣做飯，忙不過來照顧兩個小孩，就把母親劉姥姥接來一起過日子。

我喜歡《紅樓夢》裡寫這王狗兒，祖父還做過一點芝麻小官，跟當今權貴王子騰家族還攀過親，這狗兒就跟一班安分的農民有點不一樣。秋末冬初，要過年了，家裡年貨也沒有置辦採買。王成想不出辦法，又拉不下臉找人幫忙，心裡煩悶，就在家裡打孩子罵老婆。

王狗兒的畫面，現實生活裡不難看到，經濟一不景氣，歲末天寒，就容易看到艱難人家的男人一肚子氣，把氣出在老婆孩子身上。

我們小時候常去附近眷村玩兒，有一些眷村男人，也愛打孩子罵老婆，一到快過年，更是打罵得厲害。當時年幼，不知道生活窘困，可以如此逼人躁鬱。記憶裡有一個男人嚴重到每天晚飯後擺一個凳子，定時坐在門口，蹺個二郎腿，對著過往行人罵。我記不得罵的內容，只是對他抑揚頓挫的蘇北腔印象很深，像唱歌，也像哭。母親說：「他在家鄉做過排長，覺得現在落難了，心裡不痛快，罵罵人，好過一點。」

這王狗兒讓我記憶起一些男人，他們在生活現實裡覺得邋遢難堪，找不到出路，就在身邊看到的瑣事間嘮嘮叨叨。

有趣的是，我們常以為老太婆嘮叨，《紅樓夢》的作者卻讓這看著女婿嘮叨的老太婆劉姥姥罵人了。

劉姥姥大概心疼女兒孫子無辜被罵，也看穿這女婿沒出息，幹不了正事，只會在家裡罵老婆。

劉姥姥是務實能幹的農村女性，遇到事情大概都能挽起袖子就扛起來。這樣的女性當然看王狗兒罵老婆的樣子不順眼，她就開口說話了：姑爺，咱們村莊人，哪一個不是老老誠誠的，「守多大碗兒，吃多大的飯。」劉姥姥語言漂亮，準確勾勒出農民本分，也給蹺著二郎腿整天罵老婆的王狗兒描繪了臉譜。

劉姥姥要王狗兒想具體辦法，解決問題，告訴他，光生氣罵人是沒有用的。王狗兒頂嘴說：「我又沒有收稅的親戚，做官的朋友，有什麼法子可想的？」

王狗兒人生的負面，到了劉姥姥身上，都成了正面積極的力量。劉姥姥想起王成父親跟金陵王家連過宗，有這麼一點古早關係，也就是可能的希望。劉姥姥提議去找金陵王家試一試運氣。王狗兒冷笑，他覺得如今「這樣嘴臉」，去攀王子騰權勢豪門的親，簡直是「打嘴現世」。

王狗兒惦記著祖上做過官，有那麼一丁點過往得意的記憶，活在過去的風光裡，就失去了積極務實本分的能力。劉姥姥罵狗兒「拉硬屎」，憋一肚子屎，還端著架子。王狗兒碰到事情，脖子一縮，就把責任推給岳母。這具有地母個性的劉姥姥果然就在次日天明，帶著孫子板兒風塵僕僕進城去，站在轎馬簇簇、富麗堂皇的榮國府大門前，看著門口兩尊石獅子，這個鄉下老太婆，撣一撣身上塵土，打起精神，要試一試自己的運氣了。

小說後來寫到很多劉姥姥的故事，王狗兒卻不再出現了。

二丫頭

《紅樓夢》的「微塵眾」小人物裡，有比王狗兒更無名無姓的人物，就是第十五回裡出現不到一頁的二丫頭。

十五回寫秦可卿的出殯，秦可卿是賈府孫子輩賈蓉的嫡妻。賈蓉原來只是監生，沒有官銜，出殯葬禮執事就不能鋪張。為了讓喪禮風光，賈珍特別找到掌權太監戴權，花了一千兩銀子，為兒子賈蓉買了一個「龍禁尉」的五品官銜。有了官銜，秦可卿的喪事榜書就寫著：世襲寧國公冢孫婦防護內廷御前侍衛龍禁尉賈門秦氏宜人之喪……

喪禮在豪門官場，與悲哀無關，其實只是社交的工具。這一天出殯的執事送殯行列，所有公侯郡王都到齊了，一百多輛車駕轎子，浩浩蕩蕩，擺了有三、四里遠。

秦可卿的靈柩要到鐵檻寺去停放，路途很長，出了城，一路都是荒郊野外。前導的人馬找到一處農莊，幾戶人家，就暫時趕開農民，打掃一下，讓賈府的貴婦人們可以休息，洗洗頭臉，換換衣服，上上廁所，歇一歇腳。

王夫人、邢夫人繼續前行，賈寶玉、秦鐘就跟著王熙鳳停下來。鳳姐上茅房如廁，寶玉、秦鐘十幾歲的少年，沒有住過農村，對農家的東西充滿好奇，東問西問，僕從小廝也一一解釋名目用處。

寶玉玩到一個房間，看到炕上一個紡車，沒見過，不知做什麼用，覺得好玩，就動手去搖。這時一個十七、八歲的丫頭衝進來說：「別弄壞了。」這就是二丫頭，她大概紡織工作做到一半，忽然被一幫貴客打斷了，趕了出去。她在屋外看到寶玉胡亂動她紡車，怕弄壞了，就不顧一切衝進來喝止。賈府小廝隨扈眾多，當然立刻吆喝這二丫頭，不准她對少爺無禮。寶玉倒覺得抱歉，解釋說自己沒見過，想試著玩一玩。二丫頭也不畏懼，說：「你不會轉，等我轉給你瞧。」

二丫頭紡線，畫面讓人心生敬重，這是她的生計，不是貴族少爺的玩具。她有農家女兒的大方樸實，有在工作中的認真專注，所以好看。然而十三歲的秦鐘輕浮了起來，悄悄跟寶玉說：「此卿大有意趣。」秦鐘的話文謅謅的，翻譯過來，也就是今天少年輕薄女孩兒的話：「這馬子有意思。」

賈寶玉莊重端正起來，不知道為什麼，在二丫頭面前，他覺得不可輕薄下流。寶玉指責秦鐘；「再胡說，我就打了。」

這時候門外一個老婆子叫道：「二丫頭，快過來！」二丫頭才丟下紡車走了。

讀這一段，總覺得說不出來的心酸，這樣微不足道的人物，這樣不起眼的細節，《紅樓夢》的作者在大片錦繡的閃爍裡忽然放進一根樸樸實實的灰褐色的棉線。

寶玉悵然若失，原來要換衣服也沒有換。大隊人馬要離開農莊的時候，僕人準備了紅包賞錢，農家的婦人千恩萬謝。然而寶玉在眾人中尋找，卻找不到二丫頭的蹤影。等車駕啟動了，寶玉才遠遠看到二丫頭手裡抱著一個孩子，跟幾個小女孩說笑。寶玉「以目相送」，最後一個畫面，讀到又使人心中一緊，作者說的是：「電捲風馳，回頭已無蹤跡。」

碎為微塵眾生，大概都是回頭就無蹤跡了吧。電捲風馳，是《金剛經》裡說的：「如夢幻泡影，如露亦如電……」

倪二

生命裡出現的微塵眾，匆匆擦肩而過，有什麼前因，有什麼後果，也都難再究詰。《紅樓夢》第二十四回又寫了一個有趣的人物倪二。倪二是賈芸的鄰居，作者的描繪是「專放重利債，在賭博場吃飯，專愛喝酒打架」，幾句話，讀者有了一個世俗的印象，大概就是個流氓地痞。

賈芸是賈府草字輩的青年，父親早死，單親母親帶大，生活艱困。找不到工作，十七、八歲，很認真要謀個差事。剛開始巴結賈璉，希望找一點頭路，也曾經厚著臉皮攀上賈寶玉做乾爹，但都沒有結果。賈璉懼內，事情都是王熙鳳一手抓著。寶玉是大少爺，事情答應了也常丟在腦後。賈芸沒辦法，想去舅舅卜世仁（不是人）

的藥鋪賒欠一些冰片、麝香當禮物，走王熙鳳這條路。

卜世仁這舅舅苛薄慳吝，賈芸父親死時，舅舅代理喪事，連哄帶騙，把賈芸父親留下的田產房子都搞走了。賈芸生活不下去，只好找親舅舅幫忙，賒一點冰片、麝香，還特別說，一有工作，立刻償還欠款。

舅舅不肯賒欠，還大罵賈芸不知生活艱難。賈芸氣得要走，舅舅又礙著情面，問要不要吃飯再走。舅母此時就在屋內揚聲說：沒有米了，留下外甥挨餓不成？

富貴過，又落難了，才能如此看人間的冷暖吧？作者好像沒有悲憫自己，而是靜靜看著人來人往的「微塵眾」。

賈芸走投無路，心裡忿怨羞辱，走在路上，一頭就撞到一個醉漢。這醉漢就是在賭場吃飯，正好索債歸來、醉醺醺的倪二。倪二是地痞流氓，給人撞到，拿拳頭就要打人。

第一次讀到這段，覺得這賈芸真是倒楣，一連串碰到不好的事情。

沒想到賈芸這次遇到了貴人，他一五一十把如何被人侮辱的事說了一遍，倪二氣得就要去揍人，他說：「得罪了我醉金剛倪二的街坊，管教他人離家散。」

後來知道這卜世仁是賈芸親舅舅，倪二也不好動粗，就豪爽地拿出剛索債來的十五兩三錢銀子，要賈芸去買冰片、麝香。

賈芸喜出望外，就說要按規矩簽文契借據，以後本利一起償還。倪二大笑：「你若要寫文約，我就不借了。」

賈芸因此用這筆銀子買了冰片、麝香，賄賂了王熙鳳，得到一個在花園種樹栽花的差事，第一次就領到二百兩銀子。苦哈哈的待業青年賈芸，從此有了出頭的機會。

我想，不是每一個人都能從倪二身上得到這樣好處的吧，倪二那一天為何善心大發？「微塵眾」裡的「冤」和「親」，還真是要看不可知的因果緣分吧。

王狗兒、二丫頭、倪二，都是《紅樓夢》裡一頁就講完的小人物，但真耐人尋味。許多《紅樓夢》畫傳、繡像，都找不到二丫頭、王狗兒，顯然畫家們也覺得他們微小如灰塵，不值得一畫吧。

我在《壹週刊》寫專欄，一星期一次，梳理《紅樓夢》裡的小人物，一條一條脈絡，看到作者編織的細心。那麼精細的寫作方式，經線緯線，層層交錯，知道細心的背後是對「微塵眾」的關心。關心或許不是救贖，甚至，也不完全是悲憫，而是放每一個生命在他們自己的命運上了自己的因果吧。

二〇一三年十二月八日　大雪後一日

紅樓夢小人物

I

微塵眾

一

石頭肉身

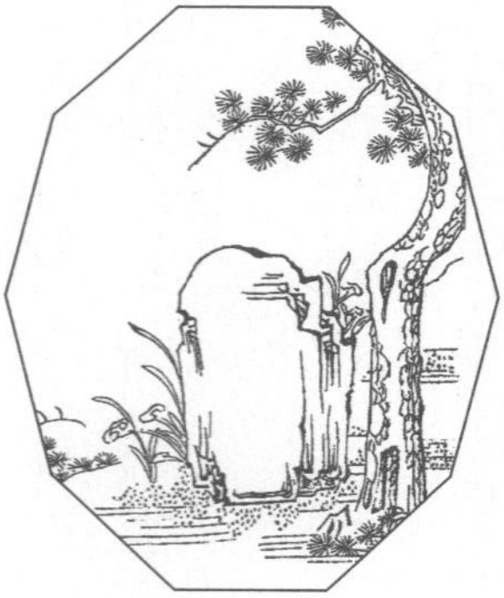

神話的荒誕不經都是潛意識，是靈河的故事，是三生石畔的故事，
是一塊石頭心疼一株草的故事，是一株草受了雨露澆灌的恩惠，
要用一生的眼淚來還報的故事。

《紅樓夢》是我愛讀的書，小學時一開始讀，最吸引我的是荒誕的神話故事。

《紅樓夢》最早的名字是《石頭記》，因為整本書的主角就是一塊石頭。

「石頭？」我這樣說，有朋友不瞭解，問說：「主角不是賈寶玉、林黛玉嗎？」

「是的，」我只好解釋：「賈寶玉是一塊石頭。」

《石頭記》就是這一塊石頭的故事。

遠古遠古的時候，有兩個神（共工、顓頊）愛打仗，打來打去，把支撐天空的一根柱子撞斷了。天柱折斷，就像我們家的房屋柱斷頂塌，西北邊的天篷就破了一個洞，日曬雨淋，很不舒服。

於是，男人打仗惹的禍，就由女性來彌補收拾。一個叫女媧的神就發願，要把這個天空的破洞補起來。

女媧補天用的材料很特別，就是石頭。

據說這石頭是女媧特別撿選的，各種顏色都有。女媧採集了石頭，就用大鍋熬煮，石頭熬煉融化成半液體的岩漿，女媧就像畫油畫一樣，把這些彩色的岩漿塗抹在破洞上，把天空補了起來。

神話說得荒誕，怕我們不相信，有些人的頭腦遲鈍一點，神話故事就說：不信，你黃昏時分向西北邊看，那一片一片彩色豔麗的彩霞就是女媧煉石補的天。

「滿紙荒唐言」，《紅樓夢》的作者一開始就告訴我們，他說的是一個荒誕不經的故事。

《石頭記》還很確定地告訴我們，女媧當時煉石，地點在大荒山、無稽崖。女媧總共煉了三萬六千五百零一塊石頭，每一塊石頭高十二丈，方二十四丈。

「大荒」是茫茫遠古洪荒，「無稽」就是無可稽考，無法查證。有哪一位多事的學者教授發起瘋來要考證，就自己倒楣，與《石頭記》的作者無關。

我喜歡這「三萬六千五百零一塊」的數字，大家很容易就看出時間的暗示，「三六五」是一年的日子，在漫漫時間的蒼茫裡，無色無想的石頭，無生無死的石頭，無知無感的石頭，彷彿也有了神話賦予的生命。

《金剛經》說：「所有一切眾生之類，若卵生、若胎生，若濕生、若化生，若有色、若無色，若有想、若無想，若非有想、非無想，我皆令入無餘涅槃……」佛經說的「眾生」並不只是「胎生」的人類動物，並不只是有生有死的「卵生」的禽鳥，並不只是「濕生化生」的蜉蝣孑孓，並不只是有想無想的植物，其實，也包含著無色無想的「石頭」吧。

《石頭記》說「三萬六千五百塊石頭」都用去補天了，「單單剩下一塊未用，棄在青埂峰下。」

這一塊石頭怨恨委屈，覺得自己沒有「用」，自怨自愧，從無想的頑石自經鍛煉，通了靈性，可大可小，來去自如，無想修煉成了有想。

東方的古老神話，相信一條白蛇在日月天地間修煉，經過數百年，可以修煉成美麗的女子。看《白蛇傳》，沒有人覺得蛇修行變成人是荒誕故事。

《石頭記》是一塊頑石，因為身體有感有想，自經修煉，就成就了男身。

這塊石頭經歷幾世幾劫，有了男身，被赤霞宮的警幻仙姑封為「神瑛侍者」。

「瑛」就是一種玉石，製作玻璃的礦石也含石英。

這個男身每天在天上的靈河岸邊玩耍，靈河岸邊三生石畔，有一株絳珠仙草，長得「嬌娜可愛」，這日日玩耍的「石頭」就對草木動了情。

石頭每天用甘露水澆灌仙草，絳珠草越長越茂盛，受了天地精華，一日一日，慢慢也脫去了草木之胎，幻化成人形，修成了女身。

這株草因為受了石頭雨露之恩，無以為報，心裡總是鬱結著纏綿不盡的情感。她因此暗自決定，如果石頭的肉身下世為人，她也要同去走一遭。這草木的肉身，這修成的女體，沒有可以回報的雨露，她就決定：「但把我一生所有的眼淚還他，也償還得過他了。」

這是我青少年讀過心中震動的一段。

有人受他人恩惠，心中會有纏綿鬱結嗎？

有人會用一生的眼淚來還報恩情嗎？

石頭後來下凡到人間了，肉身寄託成為賈家的「寶玉」；這一株要還眼淚的女身就托生在林家，取名黛玉。

黛玉的媽媽姓賈，叫賈敏，是寶玉爸爸賈政的親姊妹。所以寶玉跟黛玉是姑表兄妹，但是他們從小不在一起，分隔兩地，沒有見過面。

寶玉、黛玉兩人第一次見面，是在小說的第三回，黛玉母親病死，父親無法照顧她，就託人帶進京，依靠外祖母生活。

第三回裡，寶玉、黛玉兩個十二歲左右的青少年，見了面，寶玉看著黛玉，說了一句：「這個妹妹，我曾見過的！」大家都說他胡說，兩人生長在不同地方，不可能見過。

但是讀者知道他們真的見過，一個是石頭，一個是一株草，在天上靈河岸邊，在三生石畔，他們曾經見過。

我們第一次見到一個人，覺得好面熟，想不起在哪裡見過，我們不相信有靈河，不相信有三生石畔，然而，我們覺得在哪裡見過，潛意識裡有比頭腦思維更深的記憶。

神話的荒誕不經都是潛意識，是靈河的故事，是三生石畔的故事，是一塊石頭心疼一株草的故事，是一株草受了雨露澆灌的恩惠，要用一生的眼淚來還報的故事。

所以，林黛玉一生都在哭，大家都不懂她為什麼總是哭，是受委屈了嗎？是被冷落了嗎？是不快樂嗎？都不是，她來到人間就是要把淚水還掉。

眼淚還掉，這托生為人的肉身就可以走了。

許多人看《紅樓夢》，常常覺得遺憾，這一對青少年如此相愛，為什麼不能在一起結為夫妻。許多人甚至千方百計要改寫《紅樓夢》的結局，讓寶玉跟黛玉結合。

然而，或許那一株草來到人間，不是要結為夫妻，只是要把該還的淚水還掉，淚水還掉，肉身就可以走了。

在台北街角看到背著書包的國中女生，男生一走，她就哭啊哭的，我總覺得她也是來人間還眼淚的吧。

二

抓週

這個從一歲「抓週」開始就親近脂粉釵環的男孩，
長大到了十幾歲，果然厭恨男人，喜歡跟姊姊妹妹在一起。他有一句名言：
「女兒是水作的骨肉，男人是泥作的骨肉。
我見了女兒，我便清爽；見了男子，便覺濁臭逼人！」

一塊石頭在天上經歷修煉，決定下凡人間，托生為人，降生到姓賈的一個大官家裡。因為他出生時口中含著一塊五彩晶瑩的玉石，成為異兆，大家都覺得這個男嬰來歷非凡，就取名為寶玉。

取得了肉身，賈寶玉這個男嬰，在榮華富貴的家裡受到最大的寵愛。男嬰的先祖是榮國公，曾經是皇帝身邊最有力的輔佐，因此好幾代世襲爵位，是顯赫的家族。男嬰的爸爸叫賈政，一個奉公守法的官員，深受儒家「君君臣臣」的一套倫理道德影響。

賈政原來有一個兒子，名叫賈珠，二十歲上下結婚，染病死了，留下年輕守寡的妻子李紈，和一個年幼的兒子賈蘭。

賈政人到中年又得到寶玉這個兒子，疼愛異常，也把家族一切榮耀希望都寄託在這一獨子身上。

做大官的家族，都希望富貴可以一代一代綿延下去。富有，就要富二代、富三代；做官，就要一直官二代、官三代下去，永遠不會放手。

從賈政的腦袋來思考，當然也一定盼望好不容易得來的兒子能繼承家族的富貴，培養他做富二代、官二代。

因此，賈寶玉一歲生日，賈氏家族就安排了一場測試，叫做「抓週」，來試探這個兒子能不能如願成為富二代、官二代。

「抓週」是華人社會普遍的習俗，小孩生下來，過一歲生日，宴請賓客，就擺出「抓週」的各種物件，例如：書籍、毛筆、算盤、官印、錢幣、綢緞、飾品、珠寶、女人化妝用的脂粉……等等，滿滿擺一桌子，什麼都有，讓一歲的嬰兒在這些物件中挑選，看他會抓什麼東西，用來斷定這個嬰兒的志向前途。

我覺得這是華人社會可怕的習俗，一個一歲的孩子，懵懵懂懂，在眾目睽睽之下，就要表演出未來一生的成就結果。

寶玉的父親賈政是個做官的，當然希望他的兒子抓官印、抓書籍，抓抓珠寶錢幣也好，用來證明這個孩子可以培養成富二代或官二代。

沒有想到這個口中含著玉石出生的嬰兒，什麼都不抓，專挑女人用的脂粉釵環來玩。

「抓週」這一天把賈政氣得半死，他大概覺得在眾人面前太丟臉了，認為這個男嬰長大以後必定是「酒色之徒」，從此就不喜愛這個男孩。

我少年時看到這一段，心驚膽顫，就問母親，我小時候有「抓週」嗎？母親淡淡回答：「有啊！」繼續織她的毛線。我等很久，又問一句：「我抓了什麼？」母親擱下毛線，到廚房去淘米，一句話也不說。

到現在我還覺得恐怖，不知道週歲時究竟抓了什麼東西。

「抓週」習俗如果今天還存在，內容應該改變很多，我隨便想一想，計算機、信用卡、平板電腦、智慧型手機、電動玩具、直排輪鞋、法拉利跑車、有機米國際認證、慈濟義工證書、卡拉OK消費券——不知道「抓週」的空間要多大，才能擺得下今日一個人一生可能的未來？

如果賈寶玉生在今天，父親不是賈政那麼迂腐保守，看到一歲的兒子抓「脂粉釵環」，或許也可以很開心，因為未來做美髮，做彩妝，做造型設計、珠寶設計，進卡地亞（Cartier）、香奈兒（CHANEL），或者像吳季剛自創服飾品牌，也還真是一個令人尊敬的行業。

我不擔心賈政的迂腐，我擔心的或許是到了二十一世紀，華人的許多父親母親還是沿用三百年前「抓週」的思維斷定、期待自己孩子的前途，這才是真正的悲哀吧！

賈政當然希望他的兒子抓書籍、抓官印。今天華人的青年一路讀書考試，最後做了萬民唾棄的「民意代表」，或每天被「民意代表」侮辱追打的「官員」，那種難堪景象卻是賈政這樣榮華富貴的老爸想像不到的吧。

賈寶玉因為「抓週」的表現太差，在父親心目中的地位一落千丈，從此賈政看到這個兒子就沒有好臉色，用各種方法侮辱、嘲笑、謾罵，甚至毒打這個孩子。

《紅樓夢》的作者要讓讀者知道，世界上有這樣威權的父親，有這樣不通人性的父親，有這樣為了做官用盡心機攀附巴結的父親。

《紅樓夢》第二回，這個從一歲「抓週」開始就親近脂粉釵環的男孩，長大到了十幾歲，果然厭恨男人，喜歡跟姊姊妹妹混在一起。他有一句名言：「女兒是水作的骨肉，男人是泥作的骨肉。我見了女兒，我便清爽；見了男子，便覺濁臭逼人！」

十幾歲的男孩發出這種謬論，他一本正經的父親聽到，一定又要痛揍他一頓。

賈寶玉這一段話常被引用，說明他喜愛女兒，不喜歡男性。但是小說看下去，這樣的偏見或許就會修正，其實這個男孩沒多久就遇到了他人生裡第一個男性愛人秦鐘。秦鐘是秦可卿的弟弟，年紀小寶玉一點，長得很美，靦腆羞澀，兩個人極要好，一起上學，一同吃睡，一直到秦鐘生病死去，寶玉都跟他很親。

小說裡，賈寶玉也跟貴為親王的二十歲左右的北靜王很好，也曾經眷戀過戲班風塵裡反串女角的男生蔣玉菡。蔣玉菡有點像今天的「第三性公關」，他長得美，戲唱得好，又扮演女角，被年老的忠順王爺包養，他跟寶玉私下偷偷交換過「汗巾子」（一種繫內褲的帶子）。

看來寶玉覺得「濁臭逼人」的男人，並不包括蔣玉菡、北靜王、秦鐘，他與這幾位男子都有肉身緣分。他覺得「濁臭逼人」的，大概是官場像他老爸那一類的男人，還有他老爸身邊一批拍馬屁的「清客」。讀了一點書，喜歡賣弄學問，是有一點「濁臭逼人」。

三

甄士隱、賈雨村

手中抱著的肉身，或是女兒，或是妻子愛人，或是父母，
我們抱在懷裡，抱得緊緊的，不管多麼緊，其實也都不會是永遠的擁抱吧。
《紅樓夢》要講的「真」與「假」，或許便是人生的真相領悟，
然而，我們大多時候不都是「以假為真」嗎？

《紅樓夢》前三回有兩個穿針引線的人物，一個是甄士隱，一個是賈雨村。說他們「穿針引線」，因為這兩個人在小說裡都不是主角，故事發展下去，他們慢慢就消失了。因此改編《紅樓夢》的戲劇、電影或電視劇，大都沒有這兩個人。但是前三回整個故事的開始，包括石頭與絳珠仙草的神話，包括賈府族譜人物的敘述介紹，都靠這兩個人串聯。他們為一部大小說布局了一個輪廓的雛形。

很多書談到過，這兩個人的名字是「諧音」，《紅樓夢》的作者很喜歡用漢字同音諧音來影射雙關。

甄士隱是「真事隱」，作者有意在小說一開始就告訴讀者——真實故事已經隱藏起來。《紅樓夢》當然有作者很明顯的自傳性，但是作者好像又基於一些原因，不能或不想把真實的事情曝光，就「假」造了另一個家族故事來混淆掩蓋，使「真」「假」難以辨別。

甄士隱是一個富貴過的士紳，對名利看得很淡，住在姑蘇十里街葫蘆廟口，跟妻子封氏過著神仙一樣的清閒日子，每天「觀花、修竹、酌酒、吟詩」。

甄士隱沒有兒子，帶著一個三歲的女兒英蓮。有一個夏天，甄士隱在午後睡覺，做了一個夢，夢到一僧一道走來。他聽到這一僧一道談話，說天上一干風流冤家要到人間投胎，去人間繁華地方經歷夢幻泡影。

一僧一道就談起了一塊石頭為一株草澆灌甘露的故事，說起了前世因果。

一僧一道剛好帶著這塊即將要下凡的石頭，甄士隱在夢中就要求看了一眼。

甄士隱夢裡看了石頭，走到一座大牌坊前，牌坊上寫著「太虛幻境」四個字，兩旁一幅對聯，上聯是「假作真時真亦假」。小說一再暗示「真與假」，暗示小說將要開始的「甄家」與「賈家」也是「真」「假」的隱喻。

石頭投胎，在賈（假）家成為賈寶玉，但是南方有一個甄（真）家，也有一男孩名字也是寶玉，是甄寶玉。

《紅樓夢》裡說真假的因果，「真」與「假」，像我們在鏡子裡看自己，有兩個自己，一個真實，一個是幻相。有時我們會分不清楚，哪一個自己是真的，哪一個是假的。我們或許有時會把假的自己當成真的，忽略了認識真正的自己，甚至，不敢面對真正的自己，以假作真，便是「假作真時真亦假」吧。

甄士隱做完夢，也不知道這夢暗示什麼，好像有天機，卻似懂非懂。

過了半年，到了元宵節，家裡的傭人霍啟（禍起）帶女兒英蓮去看花燈，半路上霍啟想小便，就把英蓮放在別人家門檻上坐著，沒想到才一轉身，小便完，回頭英蓮就不見了。

霍啟丟了小主人，知道擔當不起，也就逃到他鄉去避禍了。

甄士隱人生中途失了獨生愛女，怎麼找也找不到，夫婦兩人日夜啼哭，都得了重病。沒有想到禍不單行，過了兩個月，家旁邊的葫蘆廟失了火，火勢蔓延，燒了一條街，甄士隱家就緊靠葫蘆廟，燒得片瓦無存，全部家產也就蕩然一空。

甄士隱在鄉下還有些田產，本想就到田莊居住，沒想到因為連年水災旱災，田莊農民都過不下去，到處盜匪，也無法安身。

甄士隱在一年間連續經歷女兒走失、家中大火、田莊變亂幾件大事情的變故，失去親人田產財物，依靠妻子娘家生活，每日受人白眼，冷嘲熱諷，嚐盡人世冷暖。有一天，聽到一個跛足道人唱〈好了歌〉，頓時領悟，看破紅塵，就跟道人飄然而去了。

甄士隱在夢裡聽到一僧一道閒談，說最近一干風流冤家要到人間投胎，其實他三歲的女兒英蓮（應憐）就正是來人間投胎的一位。英蓮失蹤，被人口販子拐賣，又打又罵，長到十來歲，就賣給一個叫馮淵的男子為妻，半路上又遇到呆霸王薛蟠，硬生生打死了馮淵，搶走英蓮，收納為妾，改名為香菱，隨薛蟠進了賈府，成為

《紅樓夢》大觀園裡一個重要的角色。

當初甄士隱做夢，夢醒時分，手中抱著女兒英蓮，前面就走來一個癩頭和尚，一個跛腳道士，看到甄士隱手裡緊緊抱著女兒，就瘋瘋癲癲跟士隱說：「施主，你把這有命無運、累及爹娘之物，抱在懷內作甚？」

這癩頭和尚、跛足道士說了「真話」，但是甄士隱當然聽不懂，天下父母也都不會懂。

甄士隱覺得遇到了瘋子，轉身要回家躲避，那和尚就唸了四句詩：

慣養嬌生笑你痴，菱花空對雪澌澌。
好防佳節元宵後，便是煙消火滅時。

要第二次看《紅樓夢》，才可能恍然大悟，這四句詩是命運的預言：英蓮後來改名叫「香菱」，成為薛（雪）蟠的妾，備受淩虐苦楚。她也正是元宵節看花燈時走失，跟父母從此斷了緣分。

我們仍有習慣到廟裡求籤，求的籤也多是一首古詩，詩中說的也一樣讀不懂，事後會不會恍然大悟，也靠個人的宿慧機緣。

我看到這一段，還是悲傷，手中抱著的肉身，或是女兒，或是妻子愛人，或是父母，我們抱在懷裡，抱得緊緊的，不管多麼緊，其實也都不會是永遠的擁抱吧。

《紅樓夢》要講的「真」與「假」，或許便是人生的真相領悟，然而，我們大多時候不都是「以假為真」嗎？甄士隱從此在書中消失了？他是為了「穿針引線」而來。

甄士隱丟失女兒之前，偶遇了住在葫蘆廟裡的一個窮書生賈雨村。賈雨村要進京考試，求取功名，但是窮得沒有路費，掛單在廟裡，可見落魄潦倒。甄士隱看出來了，就封了五十兩銀子、兩件冬衣，幫助賈雨村進京應考。

賈雨村後來考上了，做了官，也依靠榮國府姓「賈」的一點親戚關係往上攀援，從窮居寺廟的落魄書生到有前後喝道坐轎的官員。賈雨村和甄士隱，一起一落，作者好像也想藉這兩個人說一說人生裡看盡「起、落、真、假」的啼笑皆非吧。

四

馮淵

馮淵被打死了，我們沒有機會知道，如果他真的娶了英蓮，
會像他自己說的一對一的與英蓮長久相處嗎？
或者，馮淵也只是在幻想一種改變，
並不真正清楚他自己的性向、愛慾會如何發展。

馮淵這個人物在《紅樓夢》第四回出現，沒多久就被打死了，讀《紅樓夢》的人很少注意到他，研究《紅樓夢》的學者也幾乎不曾討論過他。

馮淵是一個小鄉宦的兒子，十八、九歲，父母都死了，守著家裡一些田產過日子。馮淵十八、九歲，大概是我們今天高三或大一學生吧，書上說他「酷愛男風，不好女色」，這很像今天的青年酷兒同志，不喜歡交女朋友，結交許多ＢＦ（Boy Friend），跑gay bar，或者也常去同志轟趴。

馮淵的同性戀性向，卻在第四回中，因為碰到「英蓮」，有了一百八十度的轉變。英蓮是甄士隱的女兒，五歲的時候被傭人帶去看元宵節花燈，傭人大意，英蓮就被人口販子拐走了。

人口販子又打又折磨，英蓮受盡苦頭，經過七、八年，十二歲上下，也長成美麗的少女了。

人口販子養了幾年，覺得可以賣得好價錢了，就帶到他鄉去販賣。結果「酷愛男風」的馮淵一眼就看上了英蓮，馮淵發誓娶了英蓮，以後再也不近男色。

大家都覺得這是奇緣，也是好姻緣，馮淵準備三天後好日子，就正式迎娶。

沒想到人口販子貪婪，拿了馮淵的錢，又把英蓮二次轉賣給豪族薛家的獨子薛蟠。

薛蟠家族是小說裡四大家族的首富，薛蟠父親早死，母親是九省統制王子騰的親妹妹，與賈寶玉的母親王夫人也是嫡親姊妹。賈家、薛家、王家，三大家族豪門的護佑寵溺，薛蟠這個十幾歲的男孩當然也是為所欲為，是一個典型被寵到無法無天的富二代。

薛蟠一見英蓮，也愛不釋手，當然不會允許馮淵來要人。

人口販子把英蓮賣了兩次，錢一到手就跑了。馮淵日期一到，來接英蓮，薛蟠哪裡肯放手，兩方爭執起來，薛蟠喝令家中豪奴一陣亂打，就把馮淵給打死了。

小說裡一出場還不到一頁就死了，馮淵這角色自然沒有人重視。

《紅樓夢》一開始就說，有前世因果的魂魄，都要托生為人，來人間經歷一番際遇。但是看來馮淵的際遇少得可憐，他與英蓮的緣分也短得可憐。

英蓮五歲被拐賣，吃盡苦頭，好不容易遇到一個「不好女色」的酷兒，又一心要改變性向，專心就愛英蓮這一女子。大家覺得是奇緣，英蓮自己也覺得可以從此脫離苦海。卻沒想到事與願違，馮淵被打死，英蓮又落入外號「呆霸王」的薛蟠手中。

英蓮，很多人認為是「應憐」諧音，作者也似乎對這個人物頗多憐憫。

英蓮跟了薛蟠，改名香菱，在全書中是一個重要的角色。她後來隨薛蟠進京，薛蟠的妹妹就是聰慧得體的薛寶釵。香菱一度住進大觀園，認識賈寶玉、林黛玉，與一些十五歲上下極優秀的少年為朋友，學習讀書、寫詩，有一段快樂的青春時光。

馮淵雖然在小說裡戲分不多，一出場不久就死了，卻留給我很深的印象。

《紅樓夢》裡主要書寫的人物許多是青少年，大概都像馮淵，都在十五歲上下。十八歲的馮淵已經算是年長的了，薛蟠出場時大概也只有十五歲，都是今天高中生的年齡。

今天的高中生會做什麼事？可能父母老師都不清楚。我們讀小說，讀到馮淵這個男孩子整天混 gay bar，跟一些酷兒玩得不亦樂乎，或許會有鄙夷的偏見。

然而《紅樓夢》的作者好像很寬容，他也據實描寫到馮淵這個同性戀青少年，不知道為什麼，遇見了十二歲的英蓮，一下子就愛上了這女孩，決心把長年同性戀的習慣都改變了。

所以，《紅樓夢》的作者是在寫同性戀的改變嗎？或者其實以他的人生觀察，青少年的時期，有可能連性向都不確定。馮淵自己也不知道，為什麼從「不好女色」忽然愛上了英蓮。

三百年前，《紅樓夢》的作者沒有為任何一個人物角色貼標籤的想法，沒有異性、同性的二分法，他真實看待每一個人的多重可能性，才使一本三百年前的小說，比今日許多所謂的「文學」更接近現代人的生活現實。

馮淵被打死了，我們沒有機會知道，如果他真的娶了英蓮，會像他自己說的一對一的與英蓮長久相處嗎？或者，馮淵也只是在幻想一種改變，並不真正清楚他自己的性向、愛慾會如何發展。

《紅樓夢》的作者在書寫青少年的性傾向時，特別沒有固定的概念，不只馮淵如此，為搶奪英蓮打死馮淵的薛蟠更是如此。

薛蟠為了搶奪一個女孩，打死了馮淵，我們很可能以為薛蟠有多麼愛英蓮，得到英蓮後，一定好好珍惜疼愛。

事實上，作者讓我們看到，以後的發展卻完全相反。薛蟠得到英蓮，幾天後就忘在腦後。打死馮淵，人命官司有家族大人護佑關說，他仍然如無事人一樣到處玩耍。

不多久，薛蟠隨母親妹妹到京城，住在賈寶玉家，認識一群同樣年齡的富二代官二代的青少年，有了同伴，變本加利，玩得更凶。假借上學，在學堂裡用錢誘惑學弟，金榮是他的同性愛人，除此之外，又包養了兩個十歲左右的清秀小學弟——「香憐」和「玉愛」，學堂裡為了爭風吃醋還大打出手（第九回）。

這是《紅樓夢》的真實青少年世界，他們玩的性愛遊戲，不比今天的同年齡男孩子要規矩。

薛蟠在一部小說裡男女通吃，他的性傾向，今天性心理學家大概也搞不清楚。這個人物寫得極好，一直到今天，看到媒體上報導青年轟趴，網拍慾照，我都想到薛蟠，或許薛蟠更有過之而無不及。

五

門　子

「門子」的一番話改變了賈雨村一生。
一個考取功名出來做官的讀書人，一個做了官相信可以執法公正的讀書人，
然而，此刻，他的手中有了一張「護官符」，他開始衡量，
他要伸張正義嗎？他還能懷抱理想嗎？

《紅樓夢》多讀幾次，會越來越注意到一些微不足道的人物，像第四回的馮淵，一出場就被打死了，也沒有什麼後續的故事，當然不會被一般讀者關注到。

第四回還有一個有趣的人物，連名字都沒有，就被稱為「門子」。

「門子」在衙門官署工作，大老爺升堂判案，「門子」就站在大堂案邊，看大老爺有什麼吩咐，可以在一旁侍候。

「門子」大概相當於我們今天法院的警衛或隨扈，地位不高，也不參與判案，但因為靠近老爺，有時也可以說一點體己的話，影響案情。

《紅樓夢》第四回這一個「門子」，就扮演了這樣的角色。

第四回主要說賈雨村復職，到應天府上任做官。賈雨村原來是一個窮酸文人，住在葫蘆廟裡，沒有路費，無法到京城趕考。幸好遇到甄士隱，十分愛才，就資助了他五十兩銀子做路費，還送了兩件冬衣，賈雨村才有機會啟程進京。不多久賈雨村考取，外放做了官。但是剛做官，賈雨村不懂人際關係，得罪了人，就被革職了。

革職以後，賈雨村做了林黛玉的私塾老師，有機會認識黛玉的爸爸林如海，林如海的妻子是賈敏，也就是賈政的妹妹。賈雨村因此攀援上賈府，依靠賈政的有力推薦，就又復了職，補了應天府的缺。

賈雨村到任第一件差事，就遇到一件人命官司。

人命官司主凶是薛蟠，一個豪門青少年，為了爭奪一個女子，讓奴僕打死了她的未婚夫馮淵。依照案情，賈雨村覺得人命關天，主凶薛蟠打死了人，竟然也不出庭，就白白走了。賈雨村大怒，立刻要發籤，下令捉拿薛蟠到案。

這時候，一旁站著的「門子」就使眼色，暗示雨村不要發籤。

賈雨村納悶，不瞭解這「門子」有什麼話要說，就暫且退堂，單獨跟這「門子」密談。

這個「門子」其實認識賈雨村，雨村寄居葫蘆廟落難的時候，他也就在廟裡做小沙彌。後來葫蘆廟失了火，這小和尚也還年輕，不耐寂寞，就蓄了頭髮還俗，改行到衙門當差。

雨村知道是自己窮困時的舊友，就放膽問這「門子」，為何不讓他發籤拿凶手？

「門子」問賈雨村：「你來做官，沒有抄一張『護官符』嗎？」

雨村不知道什麼是「護官符」？「門子」這才告訴賈雨村，要當官保命，都得有一張「護官符」，「護官符」上寫的都是要當官的人不能得罪的家族。「門子」就拿了「護官符」給賈雨村看：

賈不假，白玉為堂金作馬。阿房宮，三百里，住不下金陵一個史。東海缺少白玉床，龍王來請金陵王。豐年好大雪（薛），珍珠如土金如鐵。

「護官符」上講了四大豪門家族——賈家、薛家、王家、史家，彼此聯姻，官官相護，一榮俱榮，一敗俱敗。

「門子」這才告知雨村，他方才要發簽捉拿的人犯薛蟠，正是皇商薛家的獨子。薛蟠的媽媽就是京營節度使即刻要升九省統制的王子騰的妹妹，另一王家姊妹嫁給賈政，就是賈寶玉的媽媽。

「門子」特別提醒，這次賈雨村復職出來做官，也正是賈政引薦的。「門子」把官場親屬關係一說清楚，賈雨村即刻明白，薛蟠不是捉拿不到，而是沒有一個「官」敢抓他。誰捉了薛蟠，就是與官官相護的四大權貴家族作對，不但官做不成，恐怕連性命都要送掉。

「門子」這一番話改變了賈雨村一生。一個原來窮困過的讀書人，一個苦讀詩書、懷抱理想的讀書人，一個考取功名出來做官的讀書人，一個做了官相信可以執法公正的讀書人，一個坐在公堂上明斷是非、認為自己可以為冤屈者伸張正義的讀書人，然而，此刻，他的手中有了一張「護官符」。他開始衡量，他要伸張正義嗎？他還能懷抱理想嗎？還是他只是和歷來的「官」一樣，好好護住自己的官位，不敢得罪「護官符」上所有的豪門權貴？

「門子」像一記當頭棒喝，讓一直做官做得不順利的賈雨村忽然有了領悟。

「門子」像一個包打聽，什麼事情都知道，他也告訴賈雨村，引起人命官司的女子，正是甄士隱從小被拐賣的女兒英蓮。賈雨村一時或許也會心動，這是大恩人的女兒，於公於私，他都應該秉公處理這件官司，然而，一張「護官符」壓得他喘不過氣，「雨村低了頭，半日說道：『依你怎麼著？』」

一個讀書人「低了頭」，一個執法的官員竟然問一個「門子」應該怎麼辦。

「門子」雖不讀書，卻很知道世俗人情，他教雨村如何虛張聲勢，假作要捉拿人犯，一面買通馮淵的親戚，撤回告訴，一面用扶乩降仙，歷述薛蟠與馮淵前世冤孽，馮淵鬼魂已勾索薛蟠暴病身亡。

賈雨村後來就「胡亂」判了這場人命官司，官司一了，即刻修書兩封，一封給賈政，一封給京營節度使王子騰，告知他們「令甥之事已完，不必過慮」。

「門子」的「護官符」果真對賈雨村這個官場菜鳥發生了作用，以後一路平步青雲，官場順遂得意，都應該感謝這個無名無姓的「門子」。

但是「門子」因為知道太多事情，又知道雨村貧賤時的窘況，雨村不安，還是找了一個機會，抓到這「門子」的不是，把他充發了事。

「門子」畢竟鬥不過已經歷練了的讀書人賈雨村。

六

可卿肉身

一個十三歲上下的男孩子，睡在他暗暗愛戀的女人秦可卿的臥房，
枕著秦可卿的枕頭，蓋著秦可卿的被子，被秦可卿的身體氣味包圍著。
在夢裡完成的愛戀，無法在現實世界曝光的愛，
將伴隨他一生，成為生命裡最深的記憶。

很長一段時間，《紅樓夢》放在我床頭，睡覺前就翻一段，沒有一定次序，翻到哪一章哪一回，就開始看，看累了，也不一定是一章一回的結束，丟下書，就睡了。

《紅樓夢》陪伴了我五十多年，成為最好的朋友，從青春年少一直到白髮蒼蒼，我閱讀的，好像不是一本書，不是一本小說，而是一個人的一生，是作者的一生，也是我自己的一生。

有人問我：為什麼重複閱讀《紅樓夢》？

一本小說，如果情節都知道了，還會有興趣再看嗎？

《哈利波特》看完了，知道了結局，就不想再重複看；為什麼《紅樓夢》知道了結局，還可以一看再看，好像永遠有新的領悟。

《紅樓夢》好像是沒有結局的一本書，曹雪芹沒有寫完就走了，《紅樓夢》的結局到底是什麼？大家都在猜，眾說紛紜。

如果一定要說《紅樓夢》的結局，《紅樓夢》一開始的第五回，就把結局都說完了。

第五回，賈寶玉喝醉了酒，一個十三歲上下的男孩子，睡在他暗暗愛戀的女人秦可卿的臥房，枕著秦可卿的枕頭，蓋著秦可卿的被子，被秦可卿的身體氣味包圍著。這個男孩剛剛發育，他做了一個夢，夢境中到了「太虛幻境」，太虛幻境有很多美麗仙姑，她們唱歌，說著男孩家族的故事，過去的故事，未來的故事，但是，男孩全聽不懂，覺得無聊。

然後他到了一間屋子裡，看到許多大櫃子，櫃子上有簽條，上面寫著「金陵十二釵正冊」、「金陵十二釵副冊」，還有「又副冊」。他很好奇，這是他們家族的女子的秘密檔案，他就打開來看。

看到畫，看到詩，每一張畫，每一首詩，好像在說一個女子的故事。例如，畫裡一座高樓，有一美人懸樑自盡，詩文是「情天情海幻情深，情既相逢必主淫。」

多看幾次之後，知道這一段在講十二金釵裡的秦可卿，正是賈寶玉青少年時暗戀的對象。寶玉正睡在秦可卿床上，然而夢裡的「懸樑自盡」他看不懂，因為事件還沒有發生。小男孩看到家族結局，卻無法懂得「這就是結局」。

《紅樓夢》一開始，第五回，把許多女子的秘密檔案都公開了，等於告知了結局。這與一般賣弄推理懸疑的小說寫法完全不同，一開始就公布結局，然後厚厚一本小說，就看著每一個人物走進他們宿命的結局。

《紅樓夢》讓我知道，即使知道了結局，人還是避免不了一步一步走進自己生命的結局。

有些文學使人自大傲慢，覺得除了自己，別人都是錯的。《紅樓夢》使人在宿命前懂得謙卑，越多看一次，越懂得生命的不忍，沒有絕對的對錯，只是命運與性格的宿命悲劇。

秦可卿是賈寶玉姪子賈蓉的妻子，長得很美，又聰明體貼，每個人都愛她。賈寶玉也愛她，但是在現實裡，寶玉是「叔叔」，長秦可卿一輩，他的暗戀是亂倫。但是人有現實的世界，也有夢的世界。在夢裡，人是自由的，叔叔是青少年，國一學生，秦可卿是不到二十歲的美女，也只是高中生，他們就在夢裡完成了一場「姊弟戀」。

夢裡秦可卿一下子是「警幻仙姑」，一下子變成仙姑的妹妹「兼美」，「兼美」的名字就是「可卿」。寶玉就恍恍惚惚，在夢裡跟可卿做愛。這是十三歲男孩第一次的性，第一次幻想中跟女性肉體接觸，第一場春夢。他枕的枕頭，蓋的被子，躺的床褥，都是可卿的肉身氣味，十三歲的男孩興奮到了高潮，在夢裡射精，是他第一次的夢遺。

寶玉從夢中驚醒，叫出「可卿」的名字。秦可卿在臥房外，覺得納悶，她剛嫁到賈家，沒有人知道她的小名：「他如何得知，在夢中叫出來？」

寶玉醒了，她的丫頭襲人替他換褲子，摸到大腿上的精液，「冰冷粘濕的一片」。襲人也是十幾歲女孩，嚇了一跳，不知是什麼，又問：「那是哪裡流出來的？」

我們讀著讀著，也忘了秦可卿懸樑自盡的結局預言，想到自己青少年的事，想到自己十三歲暗戀的對象，現實裡不可能愛戀的人，可能是老師，可能是媽媽，可能是哥哥或姊姊，可能是遙遠的一個電影明星，從沒有見過面，但是在夢裡如此真實，有肉體，有氣味，可以擁抱，可以愛撫，可以親吻，可以佔有全部的肉身。

第一次讀到第五回、第六回，我在小學五年級，性的幻想更為朦朧曖昧，讀時心跳快速，緊張而恐懼。經過五十年，現在讀這一段，有一種說不出的蒼涼，一個十三歲男孩的夢，在夢裡完成的愛戀，無法在現實世界曝光的愛，他的第一個愛情，秘密的愛，將伴隨他一生，成為生命裡最深的記憶。

《紅樓夢》裡，秦可卿在第十三回就死了，我們現在看的版本是病死的。但是第五回的畫裡是「懸樑自盡」。《紅樓夢》裡充滿了謎語，上吊自殺為什麼又變成病死？

三百年來，閱讀《紅樓夢》，發現矛盾，又試圖解答矛盾。有人發現原來最早的版本秦可卿是上吊死的，她太美，被公公愛上，強姦了她，因而羞憤自殺，或者為了公公貴族家世的名譽，兒媳婦必須自殺，用死掩蓋一切醜聞。

我們讀的版本改了，作者在十年間想到自己的家族，想到家族的沒落，想到自己的十三歲，想到十三歲夢中與可卿的性愛，他修改了結局，可卿沒有被逼姦，沒有懸樑自盡，她是病死的。

結局或許不是最重要的，如果真正愛過一個生命，如果對每一個生命都有不忍，或許就會動筆修改結局。秦可卿一開始就死了，我總覺得她的魂魄時時處處在《紅樓夢》裡出現。

好事終

畫梁春盡落香塵。
擅風情，秉月貌，便是敗家的根本。
箕裘頹墮皆從敬，家事消亡首罪寧。
宿孽總因情。

可卿

七

第五回的判詞

作者惋惜悲痛的似乎不是她們個人的遭遇，
而是一整個時代青春女子共同的迷惘茫然。她們有才無才，品貌好或不好，
不是重點，她們在男性為主體的父權社會裡，其實都只是棋子，
最終逃不過「原應嘆息」的屈從命運。

《紅樓夢》第五回是整本書的總綱，被研究《紅樓夢》的人討論得最多，也是資深讀者最關心的一回。

全書重要的女性一生的命運都被總結成一首一首的詩，放在櫥櫃抽屜裡，讓賈寶玉這個十三歲左右的男孩子打開去瀏覽；或者編成一首一首曲子，唱給賈寶玉聽。他所讀的詩句，聽的歌詞，都是某一女性的「判詞」，像我們在廟裡抽出來的一支籤。小男孩似懂非懂，因為事情還沒有發生，有些人物還沒有出場。那些「判詞」是天機，仙姑透露給賈寶玉，好像要他警醒，可以事先避免。然而沒有用，希臘悲劇裡的「命運」都是躲不掉的，《紅樓夢》的「悲劇」也是躲不掉的。一開始告知這些人的「結局」，繞來繞去，還是繞到了命運準備好的終點。

談《紅樓夢》都愛談「十二金釵」，也就是賈寶玉生命裡關聯最深的十二位女性。但是，「十二」只是概括的數字，第五回裡，「十二金釵」有「正冊」、「副冊」、「又副冊」，作者顯然不是只要寫十二名女性，而是寫二十四、三十六，或者比三十六還要多的形形色色的女性。

「正冊」記錄的是十二名金陵「冠首」女子，也就是小說裡身分為小姐的林黛玉、薛寶釵、王熙鳳、賈元春、賈迎春、賈探春、賈惜春、秦可卿、李紈、妙玉、史湘雲，和王熙鳳的女兒巧姐。

因為第五回的「判詞」，讀者很容易列出這「十二金釵」的名單。但是太過依賴第五回的「十二金釵」來看《紅樓夢》，也會有疑惑。這十二名女子，在作者完成的書中分量並不相同。迎春、惜春的重要性很輕，秦可卿是重要人物，但是到第十三回就死了，她像一縷魂魄，陪伴賈寶玉長大，是這男孩青春期第一個性幻想的對象，也是家族從繁華到沒落的徵兆。

巧姐年紀小，戲分很少，書一開始寫她跟板兒搶東西玩，兒童情狀描繪得極好，如果他們此後有因緣，作者應該比現在的結尾寫得更好。巧姐的「判詞」似乎暗示是這一沒落家族倖免的一脈香煙，被劉姥姥的孫子板兒救走，在農家安身，紡紗度日——「勢敗休云貴，家亡莫論親。偶因濟村婦，巧得遇恩人。」判詞中有「巧」字。但是現在續寫的這一段情節鬆散，人物平板，做為十二金釵之一，巧姐的分量就太輕了。

賈家四個女兒，依排行序是元春、迎春、探春、惜春，正是「原、應、嘆、息」四個字的諧音，是作者隱藏著對家族姊妹最深切的惋惜悲痛吧。

元春進宮封了貴妃。迎春嫁給家暴的孫紹祖，被折磨而死。探春最有志氣，遠嫁異地，好像與家族切斷關係。惜春則是出家做了尼姑。作者惋惜悲痛的似乎不是她們個人的遭遇，而是一整個時代青春女子共同的迷惘茫然。她們有才無才，品貌好或不好，不是重點，她們在男性為主體的父權社會裡，其實都只是棋子，最終逃不過「原應嘆息」的屈從命運。

第五回的判詞，不只是個人命運的判詞，而是一個社會、一個時代所有青年女性共同的判詞吧。

許多女性朋友在《紅樓夢》裡讀到自己，憂愁如黛玉，剛強如王熙鳳，圓融如寶釵，幹練精明如探春，豁達如史湘雲，然而命運若不自主，富、貴、貧、賤沒有差別，一樣都是悲劇吧！

賈寶玉翻開的第一本「十二金釵」的判詞，不是記錄林、薛的「正冊」，而是「又副冊」。「又副冊」還在「副冊」之後，是記錄丫頭婢女的冊子。

看《紅樓夢》只注意貴族小姐的「十二金釵」，顯然沒有完全瞭解作者的書寫本旨。《紅樓夢》為女性書寫，為一個時代所有的女性書寫，痛心她們共同的悲劇，不分貴賤貧富，作者心痛黛玉、可卿這些豪門女子的悲苦，也嘆息做為奴僕的丫頭晴雯、襲人的悲苦。

十三歲的賈寶玉，伸手打開的「判詞」，第一個就是「又副冊」裡的晴雯。

「霽月難逢，彩雲易散。心比天高，身為下賤。風流靈巧招人怨。壽夭多因誹謗生，多情公子空牽念。」

按照階級，晴雯是女僕，地位低下，不會是《紅樓夢》眾多女性中的主角，然而賈寶玉青少年夢遊，第一個翻到的就是晴雯的判詞。《紅樓夢》中的晴雯，從撕扇到補裘，從生到死，晴雯的「風流靈巧」，晴雯因率直所受的冤屈，作者歷歷敘述；對晴雯的逐出大觀園，對晴雯的死，作者愧疚抱歉，有椎心之痛。而逐出晴雯、逼死晴雯的人，正是自己（賈寶玉）的母親王夫人。作者厚道隱諱，然而讀者讀得出他對家族親人殘酷無情的揭發批判。

「心比天高，身為下賤」，這些十歲不到，因為家境貧寒，被賣到豪門做奴僕的女子，意外遇到了一個疼愛她們的少年公子賈寶玉，他們一起長大，他們分享青春的歡欣，也分擔憂愁心事。晴雯、襲人是寶玉的貼身丫頭，她們與賈寶玉的親近，不會少於林黛玉、薛寶釵。襲人是寶玉第一個有性關係的女子；晴雯心性高傲，寶玉最寵溺她，讓她撕扇子。晴雯像君王寵溺的妃嬪，然而遇到寶玉有困難，她也是最能分擔的一個，補裘一段，晴雯抱病織補雀金裘，她像個古俠士，可以為知己死。《紅樓夢》「又副冊」裡這些地位卑下的人物，十幾歲，個性鮮明剛烈，直追《史記》。

《紅樓夢》作者認為自己「於國於家無望」，然而他是為自己的時代立下了動人的歷史碑記，碑上銘刻的，有「心比天高，身為下賤」的婢女。

八

王狗兒

王狗兒是負面思考的個性，任何事到他口中都沒有了希望。
劉姥姥恰好相反，樂觀積極，她總是從正向去想事情。
劉姥姥大概代表了千千萬萬在最底層討生活的窮苦百姓吧，
窮到這樣子，沒有什麼會失去，豁出去都可以試一試。

《紅樓夢》第六回一開始，寫賈寶玉遺精。青少年發育，到別人家作客，午睡時做了一場春夢，「迷迷惑惑，若有所失」。等他醒來，丫頭襲人來替他繫褲帶，手伸到大腿處，冰冷粘濕一片，襲人嚇了一跳，問是怎麼了？寶玉紅了臉，捏捏襲人的手，不讓她聲張。襲人是十五歲上下的少女，也略懂得性的事情，飛紅了臉，趕緊替寶玉換了乾淨衣褲。又趁沒有人，問寶玉：「那是哪裡流出來的？」

華人社會避諱談性，但是人人都有好奇。青少年對性的懵懂模糊，找不到詢問對象，沒有年長成熟的人可以指導解說，只有胡亂摸索。

《紅樓夢》寫青少年的性，寫得真切，也不聳動誇張。第六回寶玉與襲人的對話，是許多青少年性事萌芽年齡的真實寫照吧。

以後寶玉生理上的需求慾望大概也都與襲人分享，兩人早已有了肉體關係，只是賈府上上下下都還以為寶玉還只是個不懂事的孩子。

《紅樓夢》做為一部長篇小說，有特別錯綜複雜的線索編織結構，第六回一方面交代豪門貴族青少年賈寶玉的遺精，另一方面就編織新的一條線索，開始講述一個與賈寶玉毫無關係的人物——劉姥姥。

如果賈寶玉是一條青金色的線，青春華麗細緻，劉姥姥恰是一條暗灰沉滯老氣的線，兩條線在同一章節中交錯，經緯錯落，相互並行對比，使《紅樓夢》一部大小說織出繁複的圖紋錦繡。

劉姥姥第一次出場就在第六回。為何作者會安排一個豪奢家族青少年的遺精事件之後，接著寫一個鄉下窮老太婆的生活窘況？大小說的鋪排耐人尋味。

劉姥姥與賈府本來無瓜葛，是她女兒劉氏嫁給一個叫王狗兒的窮小子，這王狗兒的爸爸叫王成，王成的祖上做過小官，因為都姓王，就跟王熙鳳的父祖輩認做了親戚。以後王成這一家沒落了（若不是沒落，兒子不會取名狗兒吧），狗兒遷到鄉下務農，養了一男（板兒）一女（青兒），姊弟沒有人照管，便把岳母劉姥姥接來同住。

劉姥姥是精明世故的鄉下女人，一個大字不識，但通達人情，閱歷豐富，求生意志堅強。

王狗兒在小說裡也不是重要角色，一個祖上做過小官又落魄了的窮小子，沒有辦法做本分的農民，在家裡喝悶酒，心情不好，怨天罵地，打孩子，罵老婆，劉姥姥看不過去，拿出岳母的身分教訓了狗兒一頓。

王狗兒像許多沒有出息的男人，劉姥姥罵得好：「有了錢就顧頭不顧尾，沒了錢就瞎生氣，成了什麼男子漢大丈夫了！」

對劉姥姥來說，村莊上長大，農民都本本分分，「守多大碗兒，吃多大的飯。」《紅樓夢》裡劉姥姥來自生活的鄉土語言太漂亮了，她一出現，常常就對比出書裡某些無能的貴族知識分子生活的貧乏、語言的空洞。

劉姥姥把女婿教訓了一頓，順便提醒他，王成家族當年跟王子騰家族連過親戚，現在王成家族沒落了，可是金陵王子騰家族可是飛黃騰達，做了京營節度使，馬上要升九省統制。劉姥姥覺得這一條線雖然久未來往，還可以攀上關係，無論如何，對景況窮困一愁莫展的王狗兒是一個機會。

王狗兒一聽，覺得這岳母頭腦出了問題。狗兒說了一句現實的話：「只怕他們未必來理我們呢！」

王狗兒是負面思考的個性，任何事到他口中都沒有了希望。劉姥姥恰好相反，樂觀積極，她總是從正向去想事情，絕不放棄任何一點可能的機會。劉姥姥大概代表了千千萬萬在最底層討生活的窮苦百姓吧，窮到這樣子，沒有什麼會失去，豁出去都可以賭一賭，有任何機會都可以去試一試。

我喜歡劉姥姥罵女婿的三個字「拉硬屎」，有點像民間的歇後語——「茅坑裡的磚頭，又臭又硬！」「拉硬屎」更簡潔傳神，讓人一下子就看懂了王狗兒真是一個沒有出息、沒有擔當、還愛撐個老爺架子的窩囊男人。

在家裡蹺著二郎腿，打孩子，罵老婆，臨到有事，頭一縮就躲起來，王狗兒當然也就把出面求人幫忙的事都推給岳母，現實裡這樣的男人也不少。劉姥姥知道這女婿沒用，也只好自己想辦法。

劉姥姥是《紅樓夢》所有女性中最有生命力的一個，這種生命力不來自知識，像是根源於生活的歷練，也根源於母姓原始的求生本能，接近於「大地之母」的類型。只是劉姥姥滑稽嬉謔，常常裝瘋賣傻，掩蓋了她內在「地母」莊嚴的本質。

從一件事就可以看出這外表憨傻的窮老太太的精明仔細。她對八竿子打不到的王子騰家族系譜做了分析，知道當年見過一面的王家的二女兒如今嫁給了賈政，正是榮國府邸當家的夫人，賈寶玉的媽媽；劉姥姥甚至打探到王夫人「上了年紀，越發憐貧恤老」，這樣的資訊就給了又「貧」又「老」的劉姥姥莫大的希望，她準備好要進京到豪門前試一試機會了。

一個社會，窮苦過一段時間，人就容易養成劉姥姥這種生命力，白手起家，從零開始，懂得低聲下氣討生活，懂得謙卑求活，通常會在艱難困頓中創造許多發達的機會。反過來看，一個社會，富有安逸太久，就容易出王狗兒這樣的人物，靠著過去一點得意趾高氣揚，覺得世界所有人都虧待了他，失業是經濟低迷，生不逢時，沒有一點機會，能做的就只有蹺著腿罵老婆打孩子了。

王狗兒這個角色令人深思警惕。

九

劉姥姥與時鐘

劉姥姥的「撣撣衣服」，讓我感覺到一種做人的莊重，
即使落魄卑微，即使可能被別人歧視、看不起，
自己還是要認真莊敬慎重起來，不能失了生命的本分。

劉姥姥是《紅樓夢》裡寫得極好的人物，在以貴族豪門為主題的小說裡，如果沒有這樣一個鄉下窮老太太來對比，不容易看出榮國府富貴奢華（或洋化）到何等程度。但是這種對比的手法，如果用得概略，就顯粗俗。許多鄉下人進城的電影小說，揶揄鄉下土包子，形象太過漫畫，少了人性細節，看了也只覺膚淺可笑。

好的文學藝術大概都不會是從惡意的諷刺做出發點，作者一存心惡意，下筆就尖酸刻薄，無法對角色人物有悲憫包容，少了多面性，自然單薄。劉姥姥這一窮苦鄉下老太婆，在《紅樓夢》作者筆下，充滿生命向上的積極本能，懂得察言觀色，在貴婦人公子千金小姐面前沒有畏縮，行動語言都有自己的分寸。有時好像裝瘋賣傻，逗賈母等人開心，其實也都有她的算計心機。她的聰明世故，她的通達人情，比許多今日呆頭呆腦死讀書又自以為是的知識分子都強得很多。

《紅樓夢》對現實人生比任何一本教科書更有意義，讀教科書是讀不到劉姥姥的智慧的。

劉姥姥在全書中總共沒有出場幾次，第六回「一進榮國府」之後，要到第三十九回才再次出現，但是劉姥姥每次一出場，所有的場景都活了起來，人人都開心，爭相報告：劉姥姥來了！光是這一點，就讓人感嘆，為什麼有人一出場大家就開心，有人一出場大家就不開心？頗耐人尋味。

劉姥姥帶著孫子板兒進城，這一畫面是可以很漫畫式的，太符合鄉下人進城的公式了。但是第六回這一段沒有一點可笑滑稽的誇張渲染，作者真心體會一個鄉下窮老太太為了生活，戰戰兢兢帶著孫子到富人門下求一點施捨的辛酸。

劉姥姥到了榮國府門前，只看見兩樣事物，一是「石獅子」，二是「滿門口的轎馬」。

這是第一次進城的窮苦鄉下人眼中的公侯豪門，她大概完全沒有觀察「豪門」的能力，就只看到「石獅子」和來來往往的「轎子、馬車」。

從清晨天沒亮就從鄉下出發，一路步行，灰頭土臉，作者寫這個老太婆硬著頭皮、準備開口見人之前，做了一個動作——「撣撣衣服」。很小的一個動作，很容易被忽略，然而讀來心酸——劉姥姥大概覺得自己的穿著模樣實在不登大雅之堂吧。走了一早上的路，全身髒兮兮，雖然襤褸，但是，至少撣一撣身上的塵土吧。

劉姥姥的「撣撣衣服」，讓我感覺到一種做人的莊重，即使落魄卑微，即使可能被別人歧視、看不起，自己還是要認真莊敬慎重起來，不能失了生命的本分。

榮國府門口的警衛隨扈都不是好惹的，他們為權貴世家看門，也看慣了窮人在門口像蒼蠅一樣縈繞乞討的討厭相，自然不會搭理一個像劉姥姥這樣穿著打扮的窮老太太。

劉姥姥要找王夫人的陪房周瑞的老婆，周瑞是榮國府管家，門口警衛當然不會為這樣一個窮老婆子傳話，「那些人聽了，都不理她」。「不理」是厭煩，還有更壞心的，就跟劉姥姥說：「你遠遠的那牆犄角兒等著，一會子他們家裡就有人出來。」劉姥姥是鄉下老實人，她當然相信，也可能真的靠著牆犄角兒耗一整天，什麼結果也沒有。有個年老的僕人心裡慈悲，說了一句：「何苦誤她的事呢。」才告訴劉姥姥真話：「周大爺往南邊去了……」也指引劉姥姥繞到府邸後門去找周瑞的太太。一點慈悲心，為劉姥姥開了天堂的門。

劉姥姥這一天有貴人相助，所謂貴人，也就是一念間心生悲憫的小人物吧。

於是劉姥姥順利見到了周瑞的老婆，恰好周瑞老婆那天心情也好，很想在劉姥姥面前表現一下「自己的體面」，就告訴她，王夫人不管事了，現在管事的是才十八、九歲的王熙鳳，也把王熙鳳的精明能幹描述了一番。

周瑞的老婆安排劉姥姥趁王熙鳳中午用餐後、睡午覺前見一面，「若遲了一步，回事的人多了，就難說了。」幾句話勾勒出王熙鳳管理家務的繁忙。榮國府裡裡外外都是這個年輕女子在打理，讀者可能心裡暗暗為劉姥姥擔心，王熙鳳如此權貴出身，會搭理一個八竿子打不到的窮親戚嗎？

劉姥姥見王熙鳳之前，有一場戲寫得極好。劉姥姥坐在炕上等候，忽然聽到「咯噹咯噹的響聲」，她東瞧西望，四處尋找，看到「堂屋中柱子上掛著一個匣子，底下又墜著一個秤砣似的，卻不住的亂晃。」十七世紀中國鄉下人當然沒有看過西洋時鐘，她只能用自己農家的東西——「匣子」、「打鑼篩麵」、「秤砣」來猜測她的所見所聞。

「這是什麼東西？有啥用處呢？」她正發呆亂想，突然聽到「噹」的一聲，「接著一連又是八九下」，下面一段文字可以媲美現代最具場景動感的大導演的分鏡——「只見小丫頭們一齊亂跑，說：『奶奶下來了。』」

如此簡潔乾淨，一個有權威、眾人畏懼的王熙鳳要出場了，準時準點，效率嚴明。用時鐘帶出劉姥姥沒見過的權貴家族氣派，襯托出賈府家裡歐洲進口洋化的擺飾，也用時鐘帶出王熙鳳管理家務紀律的嚴格，行事時間按部就班，像現代企業管理的schedule，一點也不含糊。如果活在今天，王熙鳳其實是現代大企業管理上最好的經理人才吧。

榮國府的排場一一從劉姥姥的眼中看到，作者從頭至尾沒有說一個「鐘」字，賈府的富貴歲月似水流年。

十

冷子興

冷子興是一個長期在傳統華人社會生存的典型，
他思考的人際關係就全從「同宗」「同鄉」這些脈絡去思維。
骨董商人不可小覷，他們對哪一家發達，哪一家衰敗，一清二楚。
冷子興因此洞察興衰，手上沒有人脈資源，生意也難做。

冷子興這個人物在《紅樓夢》裡也是不容易被注意到的。他在第二回裡就出現了，出現得也很突然。

第二回主要說賈雨村這個人，考中了進士，做了縣官，雖然有才能，卻有點「貪」「酷」，跟同僚處得不好，得罪了人，就被上司參了一本，告到皇帝那裡，說他「貌似有才，性實狡猾」，就被革了職，失了官位。

賈雨村是個性深沉的人，心裡當然「慚恨」，卻不露聲色，交代了公事，安排了家屬，就「擔風袖月」，遊山玩水，這也是中國文人一旦不如意時給自己的排遣方式。

四處遊玩一陣子，到了揚州，認識了剛到任不久的巡鹽御史林如海。

林如海是公侯世家之後，襲封四代的爵祿。「巡鹽」在古代也是最肥的國營企業，清代揚州一地的鹽商富甲天下，締造了揚州特殊的園林建築和極富創意的揚州畫派。

林如海家族不只是世家，也是書香門第，襲封四代的爵位，到第五代林如海就憑真本事，從科舉出身，是當年的探花及第。

這林如海娶的就是賈府的千金賈敏，賈母最鍾愛的女兒，她跟如海生了一個女兒，就是林黛玉。

林黛玉跟父親到揚州上任時，年紀才五歲，父親因為沒有兒子，把這女兒當兒子教育。剛剛上任到揚州，要為女兒找一名家教，教她讀書識字，朋友就推薦了正在揚州賦閒的賈雨村去接了這差事。

林黛玉年紀小，身體不好，常常病假，賈雨村這家教就做得十分省力。過了一年，賈敏染病，林黛玉侍候母親湯藥，一直到母親亡故，守喪盡禮，又是一陣子無法上課。

賈雨村樂得清閒，每天就在近郊寺廟遊玩，也到酒店沽酒獨飲消遣。有一天，就在酒店裡遇到了以前在京城認識過的骨董商人冷子興。

冷子興在酒樓巧遇賈雨村，大叫：「奇遇，奇遇！」

冷子興跟賈雨村在揚州相遇是有點「巧」，特別是這一次見面，冷子興向賈雨村透露了幾件事情，讓賈雨村的人生發生了重大的轉變，從被革職賦閒在家到重新復職被重用，都因為這一天骨董商人冷子興指引了他一條做官的捷徑。

這一條「捷徑」是什麼？為什麼一個「骨董商人」會有做官的捷徑？

閒聊之間，賈雨村問到京城最近有什麼新聞。冷子興就說：「貴同宗家出了一件小小的異事。」

「貴同宗」是誰？連賈雨村自己也摸不著頭緒，他還特別回答冷子興：「弟族中無人在都。」賈雨村單純，心想自己並沒有親戚在京城啊！

冷子興才提起了榮國公「賈府」這一條線。

「同宗」這兩個字台灣年輕一代不太用了。我童年時跟家人出門，一見到陌生人，彼此就要寒暄：「貴姓啊？府上哪裡啊？」如果恰好兩人同姓，就喜出望外：「哎呀，同宗！」如果恰好都是山東人，也要喜出望外一番：「哎呀，同鄉！」

華人傳統社會很怕「不同」，兩人見面，總要找一點「同」的東西，「同一祖宗」或「同一鄉里」都可以開始攀上關係。

冷子興為賈雨村攀上了一個「同宗」，指點他這是做官復職的好機會。

剛開始賈雨村還不敏感，他說「賈」這一宗，「自東漢賈復以來，支派繁盛」。攀「同宗」的關係要追溯到「東漢」，這是今天台灣年輕人大概難以理解的事。

台灣戰後受西方影響，對中國儒家大家族式的繁複人際關係漸漸疏遠，不耐煩複雜的人際倫理，也不太依靠這種關係建立個人生命價值。

冷子興是一個長期在傳統華人社會生存的典型，他思考的人際關係就全從「同宗」「同鄉」這些脈絡去思維。

他開始告知許多賈雨村不知道的「賈府」故事。賈府寧國公和榮國公這兩兄弟的族譜，基本上是經由冷子興口中道出。

從賈代化、賈代善開始，敘述到「文」字輩的賈敬、賈赦、賈政，再到「玉」字輩的賈珍、賈珠、寶玉，一直到「草」字輩的賈蓉，冷子興對賈府人物系譜之清楚，也讓賈雨村嚇了一跳。

一個做骨董生意的商人，為何對權貴的賈家人脈如此清楚？讀者剛開始一定有點不解。

看到《紅樓夢》第七回，才忽然透露，冷子興原來是賈府管家周瑞的女婿，因為買賣骨董引起糾紛，被人告到衙門，說他「來歷不明」，要遞解還鄉，冷子興的太太就回賈府去求母親，要母親請王熙鳳出面關說，改變衙門的判決。《紅樓夢》第七回裡，用輕描淡寫的一句話帶過這件訴訟——「周瑞家的仗著主子的勢，把這些事也不放在心上，晚上只求求鳳姐便完了。」

冷子興背後有賈府這一層關係，連衙門的訴訟都有人袒護過關，他對人際關係的攀援在意當然平日就有一定的用功處。

冷子興最重要的一句話是點醒了賈雨村，他目前做家教的學生林黛玉的母親，正是賈府的女兒賈敏，這一條線索對賈雨村的復職起了最直接關鍵的作用。

回家以後，賈雨村立刻拜託林如海，轉託賈政修書推薦他復職。林如海正因為妻子逝世，女兒幼小，要托賈府照顧，就乾脆委託賈雨村帶林黛玉進京投靠賈家，同時讓賈政寫信向朝廷推薦，順理成章讓賈雨村復職。賈政當時女兒是皇妃，這一層內戚關係也讓賈雨村此後有了實力的靠山。

骨董商人不可小覷，他們買賣骨董字畫，對哪一家發達，哪一家衰敗，一清二楚。發達就開始買古物藝術品，敗落就賣骨董，冷子興因此洞察興衰，手上沒有人脈資源，生意也難做。冷子興如此，恐怕今日的蘇富比、佳士得經營者也一樣如此吧。

十一

秦鐘

秦鐘青春的生命有多麼「美」，不是世俗男性陽剛到粗魯的美，
也不是女性陰柔到蒼白的美，性別的膚淺兩極劃分無法分析。
秦鐘的「美」，不像是肉體，像是一種魂魄。
他的美，忽然喚醒每一個人自己生命曾經有過的嚮往。

秦鐘在《紅樓夢》第七回出現，他是秦可卿的弟弟。這兩個姓「秦」的姊弟，諧音「情」，兩人都為「情」所困，為「情」而死。

秦可卿與秦鐘都長得美，可卿是賈寶玉初發育時暗戀的性幻想對象，秦鐘則是賈寶玉第一個同性愛人。異性或同性，對十三歲左右的青少年而言，似乎沒有差別。純粹因為「美」，他們有了宿世緣分，也純粹因為「美」，他們有了不可知的情緣糾纏。

第七回，寶玉和王熙鳳去寧國府看秦可卿，可卿說正巧弟弟秦鐘在，寶玉就吵著要見他。

秦鐘一出場的描寫是：「比寶玉略瘦些，眉清目秀，粉面朱唇，身材俊俏，舉止風流，似更在寶玉之上，只是怯怯羞羞，有些女兒之態。」

作者寫秦鐘的「美」，沒有強調性別。在性別劃分單一的世界，其實也不容易瞭解秦鐘與寶玉的情感。

王熙鳳一見秦鐘，推寶玉一把，笑著說：「比下去了！」

秦鐘的「美」讀者看不見，王熙鳳一句：「比下去了！」彷彿讓人眼睛一亮。

秦鐘青春的生命有多麼「美」，不是世俗男性陽剛到粗魯的美，也不是女性陰柔到蒼白的美，性別的膚淺兩極劃分無法分析。秦鐘的「美」，不像是肉體，像是一種魂魄。湯瑪斯・曼（Thomas Mann）《魂斷威尼斯》（*Death in Venice*）名著裡的少年「達秋」（Tadzio），很類似秦鐘。他們的美，像是青春本身；他們的美，忽然喚醒每一個人自己生命曾經有過的嚮往。那「美」使王熙鳳驚動，推了寶玉一把，說「比下去了！」

同樣年齡的寶玉，生長在富貴家庭，有一切物質的享受，受一切人寵愛，他沒有拿自己跟秦鐘比。他的反應是「心中若有所失，痴了半日」。

寶玉的「若有所失」，寶玉的「痴了半日」，耐人尋味。一個富貴公子，集天下榮華寵愛於一身，在生命的「美」面前悵然若失。他沒有「忌妒」，沒有「比」的心思，他只是從心底肺腑衷心歡喜讚歎：「天下竟有這等人物！」

秦鐘的「美」會不會反射出了寶玉自身動人的生命情操？在處處競爭比較的社會，在時時因為比較競爭產生忌妒排擠自誇的社會，賈寶玉看到的「美」一清如水，只是歡喜，只是讚歎。

寶玉，一個青少年，在「美」的面前發呆，他心中想著：為什麼我生在侯門公府之家？為什麼他生在寒儒薄宦之家？

「美」沒有性別，「美」也沒有階級，《紅樓夢》的作者要用「美」對抗一切世俗的分類嗎？

王熙鳳、秦可卿要吃茶吃酒，寶玉就借故他和秦鐘不喝酒，兩人就私下離開去講悄悄話了。

寶玉第一次見到秦鐘的「若有所失」，是青春期難以解釋的寂寞嗎？在眾人的寵愛中，他好像一直在尋找另一個自己，像柏拉圖說的那個被神懲罰劈成兩半後失去蹤跡的另一半的自己？

我們如此不完整，我們都在尋找另一半的自己，每次好像找到，卻又覺得不對，那真實的另一半自己到底在哪裡？

寶玉覺得秦鐘是自己劈開來的另外一半，他找到了，他想與秦鐘合而為一。

寶玉問秦鐘課業，秦鐘因父親老邁，家境窮困，正輟學在家。寶玉平日最恨到學校讀書，厭煩所有為了考試做官的虛偽教育，此時他卻熱心邀約秦鐘一起上學，一起做功課。

青少年的中學記憶，常常並不是學校功課，其實是玩伴，同年齡的玩伴，同性別的玩伴。一個在女性世界中長大的寶玉，一個身邊圍滿長輩呵護的寶玉，終於有了第一個同年齡、同性別的「伴侶」秦鐘。

所以，秦鐘是寶玉的第一個同性戀愛人嗎？

許多人討論過他們的關係，有沒有性行為云云。小說留下很大的猜測空間，好的文學畢竟不是八卦，也不會把關心的重點放在揭人隱私的沾沾自喜上吧。

寶玉和秦鐘一起上學了，他們在學校裡做了什麼事，第九回有詳細描述。

《紅樓夢》第九回是精采的青少年寫實文學，比美《麥田捕手》（*The Catcher in the Rye*）。可惜教科書選讀《紅樓夢》，都不（敢）選此回。

秦鐘和寶玉讀的學校是賈府設立的貴族私塾，小到八、九歲，大到十七、八歲，都在這裡讀書。等於今天的小學四、五年級到高一、高二左右。清一色的男學生，假藉讀書，玩起青少年男生大膽的性遊戲。

學校的老師是賈代儒，一個不得志的讀書人，在私塾教書，學生也不愛聽，自己也覺得窩囊，常缺課，要孫子賈瑞代課。賈瑞沒有威嚴，鎮壓不住學生，學生就造起反來了。

班上有一對小學生，長得漂亮，同學給他們取外號，一個「香憐」，一個「玉愛」。同學都想「染指」這兩個男生，但是他們是薛蟠包養的。薛蟠有錢，班上學生圖有錢花，許多成為他的「契弟」（乾弟弟）。香憐和玉愛是薛蟠新歡，別人都不敢碰。

秦鐘來了，有寶玉撐腰，就跟香憐擠眉弄眼，假裝上廁所，兩人就勾搭起來。有一個叫金榮的，原來也是薛蟠包養的乾弟，但薛蟠有了「香憐」「玉愛」，金榮就被丟棄。過氣愛人心裡當然不爽，趁秦鐘跟香憐勾搭，跟在後面就要報復，金榮一聲張，學堂裡就鬧成一團了。

秦鐘是同性戀嗎？他與寶玉有情，他追求學弟香憐。但是，別太早下結論，看到第十五回，秦鐘姊姊喪禮，在廟裡頭，秦鐘就搞起一個小尼姑智能兒。他把智能兒抱到床上，性慾高漲，立刻扯褲子，秦鐘不管場合，也不分性別了。

《紅樓夢》裡的青少年多是今天的「酷兒」，秦鐘是，薛蟠、金榮都是，「酷兒」們應該重看《紅樓夢》。

十二

酷兒

《紅樓夢》裡酷兒的故事一個接一個，
他們的確像是從太虛幻境來人世間經歷塵劫。
人間緣分，或長或短，或有福或無福，或高貴或貧賤，或優雅或難堪，
卻似乎都牽連在「酷兒」族譜中。

酷兒（Queer）論述，在上個世紀的八〇年代後影響到廣泛的文化與社會結構解讀。酷兒論述找出人類性行為的具體事例，針對「性別」，深入剖析。「性別」不再只是單純生理上的「雌」「雄」二分。在複雜的人類文明中，「性別」夾雜進了社會權力、階級、主從的種種諸多習慣，形成人類的性傾向、性關係、性快感與性行為的不同取擇。

傅柯（Michel Foucault）的《性意識史》（*L'Histoire de La Sexualité*）把醫學、生理學、社會學、政治史、文化現象總合起來觀察人類歷史中的「性」，也給「酷兒」的文化運動提供了論述上重要的依據和方向。

台灣在上個世紀末引進了「酷兒」論述，在「性別研究」上提供多元方向的探討，有極大貢獻，也引起大眾不少爭議。性的真實剖析，在保守社會，爭議是必然的。《紅樓夢》列為古典文學，學究只看到「古典」，然而，《紅樓夢》呈現的人物性關係，可能恰好是非常現代的「酷兒論述」。

《紅樓夢》裡許多青少年的性關係、性傾向，明顯顛覆了「雌」「雄」二分的單一觀點，值得拿來做華人文化社會的「酷兒」解讀，可以建立一套《紅樓夢》的

「性意識史」。

《紅樓夢》開始，賈寶玉十三歲左右，喝了酒，在姪兒媳婦秦可卿的臥房午睡，做了春夢，與貌似可卿的仙女做愛，醒來時發現遺了一灘精，替她換褲子的婢女襲人嚇一跳。回了自己房裡，他就強拉襲人做夢裡的事。

寶玉第一次夢裡的性經驗，與現實裡的性行為，對象都是女性。一位是「姪媳婦」，一位是「婢女」，倫理與階級在性行為中都被顛覆了。

沒有多久，寶玉認識了秦可卿的弟弟秦鐘，一個跟他同年齡的俊美男孩，他即刻愛上了秦鐘，性對象從異性轉移到同性。

寶玉與秦鐘一起上學，學堂裡秦鐘勾搭起學弟，外號「香憐」的小男孩。「香憐」、「玉愛」是綽號，是清一色男性學長給兩位「秀美」學弟取的綽號。許多學長都對「香憐」、「玉愛」有興趣，但是這兩個小學生是薛蟠包養的，薛蟠有錢有勢，班上同學都不敢染指。

薛蟠是很典型的「酷兒」，單親母親，家族是皇商，讀者可能覺得薛蟠是一個不學無術的花花大少，薛蟠卻是《紅樓夢》作者極用力描寫的一個人物。

薛蟠在小說第四回一出場，就為了搶一個少女打死了人，這少女就是人口販子拐賣的英蓮。英蓮原來被另外一名「酷兒」馮淵買去，馮淵十八歲，一向只好男色，忽然愛上英蓮，發誓與英蓮成親，不再近男色，沒想到半路殺出薛蟠，硬要搶去，打死了馮淵，納英蓮為妾，改名香菱。

《紅樓夢》裡二十歲上下的青少年全有「酷兒」基因，他們的性別傾向撲朔迷離，習慣雌、雄二分的讀者，會讀到眼花撩亂。有人在美國教《紅樓夢》，學生認定賈寶玉、薛蟠、馮淵、秦鐘都是gay，這結論也是武斷。他們的性傾向飄忽不定，常常改變，單一性別的歸類遇到了瓶頸。

秦鐘在學堂廁所勾搭香憐，被同窗金榮抓到，說他們「親嘴摸屁股」、「論長道短」，惹來一場學堂大戰。

十六歲的賈薔聰明漂亮，他跟堂兄賈蓉出雙入對，謠言甚多。賈蓉妻子是秦可卿，秦鐘被人欺負，賈薔要暗地相助，就通報寶玉的書僮茗煙。茗煙是愛惹事的「酷兒」，一進來就揪住金榮，說：「我們肏屁股不肏屁股，管你雞巴相干！」學究看到此處，大多不知如何點評，文學只剩「研究」，沒有「生活」，寸步難行。茗煙這一句粗話，卻是今天青少年一讀就可能會心一笑的句子。

不多久，秦鐘姊姊可卿死了，停靈在廟裡，秦鐘孤獨難耐，就追求起小尼姑智能兒。親人喪禮時刻，他們就在廟中吹熄燈強幹起來。「才剛入港」，黑濛濛中，一個人影撲來，把兩人嚇得魂飛魄散。那人「嗤」的一笑，原來是寶玉。

秦鐘姦情被抓到，他央求寶玉：「好哥哥，你只別嚷，你要怎麼著都使得。」寶玉回答說：「等一會兒睡下，咱們再慢慢兒的算帳。」

這一段又讓許多紅學學者忙起來，紛紛討論寶玉要如何與秦鐘「算帳」。

《紅樓夢》如此好小說，留下這麼多讓學究忙碌的事，卻從不明白告訴一聲：到底寶玉和秦鐘睡下後，「帳」是如何算的？

十四歲上下的兩個男孩睡在一起，要如何「算帳」，學究腦中當然有許多想像。在單一性行為的框框裡，其實還是難以解釋，秦鐘為何在廟裡冒著如此大的罪名姦淫一名尼姑。秦鐘同時愛戀同性的寶玉、香憐，也愛戀異性的尼姑智能兒，他的性意識值得探究。

《紅樓夢》的作者一開始就說過，書中角色都是從「太虛幻境」到人間來經歷塵劫的，他們或許像是「酷兒」族譜裡的親眷，要各自了各自的糾葛，要各自了各自的因果，要各自了各自的債吧！

馮淵一出場就被打死了，一個一直愛男生的青年，十八歲，剛愛上一名女子就死了，他好像是債了結得最早的一個。

秦鐘在第十五回姦淫智能兒後，智能兒私自逃出廟宇，來找秦鐘，被他父親發現，父親氣得半死，覺得太荒唐了，趕走了小尼姑，把秦鐘狠狠揍了一頓。秦鐘因此染病，第十六回突然暴病身亡。

秦鐘，這個俊美的「酷兒」，被寶玉愛上，有一年左右歡樂放蕩的縱慾生活，青春夭逝，好像命薄，承受不了更大的福分，使寶玉哀傷不已。

《紅樓夢》裡酷兒的故事一個接一個，他們的確像是從太虛幻境來人世間經歷塵劫。人間緣分，或長或短，或有福或無福，或高貴或貧賤，或優雅或難堪，卻似乎都牽連在「酷兒」族譜中。

「酷兒」還會陸續出現，最難堪如賈瑞，最高雅如北靜王，我覺得他們都是同一族譜的「酷兒」。有時覺得他們穿臍環、舌環，右耳戴鑽，手臂上或許還有刺青吧，又來到人間，凝視著那個曾經要打死他們的父親。

十三

焦大與李嬤嬤

什麼是「焦大」情結？曾經有過重要性，忽然老了，覺得自己過氣了，
會忽然喪失存在的價值感，從生理影響到心理，看任何事都不順眼，
就要不斷對下一代耳提面命，強調自己的重要性。
人能安分做自己，不處處顯能，也就不會有「過氣」的悲哀吧。

《紅樓夢》第七回結尾出現的焦大，篇幅雖然不長，卻是被學者討論很多的角色。學者討論焦大，是因為他喝醉了酒，罵天罵地，竟然罵起賈府的主子——老爺、少奶奶，也暗示透露了主人亂倫的姦情。

焦大是賈府的僕役，身分很低，可是他輩分極高。眼前賈府「草」字輩的賈蓉，「玉」字輩的賈珍，「文」字輩的賈敬，他都不看在眼裡，因為他跟「太爺」當過兵。太爺應該是「代」字輩的賈代化、賈代善的父輩賈演、賈源，這兩兄弟是對國家有功勞的元勛，因此封了寧國公、榮國公，等於是賈府創業的一代。

焦大跟過「太爺」打仗，身分自然不同，而且他在戰役中曾經救過「太爺」的命——「從死人堆裡把太爺背了出來」，「自己挨著餓，卻偷了東西給主子吃」，「得了半碗水，給主子喝，他自己喝馬尿」。這些護主功勞使焦大雖然是僕役，卻在賈府晚輩中說話很有分量。

他跟少主人賈蓉說的話很傳神，他說：「蓉哥兒，你別在焦大跟前使主子性兒！別說你這樣兒的，就是你爹、你爺爺，也不敢和焦大挺腰子呢。」

這是家裡老僕人的口氣了。一個企業創始的老員工，一個國家的「黨國元老」，一個家族曾經有影響力的老長輩，其實都有「焦大」情結。

什麼是「焦大」情結？曾經有過重要性，忽然老了，覺得自己過氣了，有點像女人的更年期，停經，兒女大了，會忽然喪失自己存在的價值感，從生理影響到心理，看任何事都不順眼，像焦大一樣，就要不斷對下一代耳提面命，強調自己的重要性：「不是焦大一個人，你們做官兒？享榮華？受富貴？」

焦大要不斷提醒年輕當權者自己的重要性，但是他顯然已經過氣。他的埋怨，剛開始或許有人聽一聽，久而久之不斷重複，變成瑣碎嘮叨，讓人厭煩。

人老了，話一多，罵東罵西，多使人嫌厭，但很難自覺。

台灣的政治曾經有過威權，威權轉換，權力移轉，常常會看到焦大式的政客，怕被人遺忘，努力要被人看見，有時過度努力，使人為他難堪悲哀。

「焦大式」過氣人物還有一個特質，就是覺得當下一切都不如從前。焦大說的：「哪裡承望到如今生下這些畜生來！每日偷狗戲雞，爬灰的爬灰，養小叔子的養小叔子……」

焦大說到這裡，旁邊聽到的人臉都青了，趕快把焦大綑起來，用馬糞填了他的嘴。

「爬灰」是公公姦淫兒媳婦，「養小叔子」也是亂倫，學者看中這一段，都認為前者指賈珍染指秦可卿，後者或是王熙鳳與賈蓉的曖昧關係。

《紅樓夢》的作者還是沒有直說真相，讓考證癖的人自己去猜。

焦大這個最後嘴裡被填了滿滿馬糞的過氣人物，除了透露賈府主人祕辛這一段受人重視，他本身的過氣情結卻很少被討論。

焦大之後，就在第八回，作者又寫了一個精采的過氣人物——李嬤嬤。

李嬤嬤是賈寶玉的奶媽，富貴人家的小少爺都有好幾個奶媽，寶玉生日要向奶媽磕頭，就有趙、王、張、李四位奶媽。

古代富貴人家的奶媽，因為小主人吃過她的奶，身分雖然也是僕役，但卻很受尊重。

小主人吃奶幾年，長大了，斷了奶，奶媽其實就沒有實際存在價值。富貴人家對奶媽有情分，一直留在身邊，有時講兩句話，小主人也礙著吃過奶的分上，對奶媽尊敬，多少要聽一聽。

第八回寶玉到寶釵房裡做客，陪寶釵的媽媽薛姨媽吃飯，有酒糟的鵝掌、鴨舌頭，寶玉覺得這菜要配酒才好，李嬤嬤就出面阻攔，說：「酒倒罷了！」

李嬤嬤多少要表示自己對小主人的影響力吧，嘮叨了許多，還抱怨別人都只圖討寶玉歡欣，「不管別人死活」。

薛姨媽叫李嬤嬤「老貨」，不理她攔阻，給寶玉酒喝。寶玉喝了三杯，窩在暖炕上跟姊妹聊天，正開心時，李嬤嬤又上前說一句刺激寶玉的話：「老爺今兒在家，提防問你的書！」

寶玉最怕爸爸，最怕讀書功課，一聽李嬤嬤提這句，興頭立刻涼冷下來，「慢慢的放下酒，垂了頭。」

過氣人物不被注意，寂寞久了，耐不住，就常常要跑出來煞風景，讓大家都玩不成。

寶玉是心地善良的孩子，家教也嚴，心裡不愉快，還是忍著。黛玉就不然，她直接唆使寶玉：「別理那老貨，咱們只管樂咱們的。」

連黛玉都把李嬤嬤叫「老貨」了，可見年輕人們多麼厭煩這李嬤嬤。

寶玉喝醉了，回到自己房裡，露出一些少年傲氣本性，他看到晴雯，想起早上留了一碟豆腐皮包子給她，問吃了沒有。晴雯說，李嬤嬤看見，說帶給孫子吃，就拿走了。

寶玉一肚子氣，要喝茶解酒，忽然想起早上沏的「楓露茶」，要三、四次後才出色，怎麼茶沒有了。結果丫頭茜雪又說：李奶奶吃了。

憋了一天的氣，寶玉終於爆發，摔了手中的茶杯，跳起來指著茜雪說：「她是你哪一門子的奶奶，你們這麼孝敬她？不過是仗著我小時候吃過她幾日奶罷了，如今逞的她比祖宗還大了。」

寶玉發了大脾氣，說了一句：「如今我又吃不著奶了，白白的養著祖宗做什麼！攆了出去，大家乾淨！」

《紅樓夢》裡寶玉很少這樣發大脾氣，「過氣人物」像養著白吃飯的元老，沒有了分寸，除了惹人嫌，遲早也要倒楣。

李嬤嬤攔阻喝酒，提醒老爺在家要問功課，拿走豆腐皮包子，喝了楓露茶，其實都是小事，她只是不斷要證明自己的重要性，就在小事上大做文章，嘮嘮叨叨，使人厭煩。

人能安分做自己，不處處顯能，也就不會有「過氣」的悲哀吧。焦大、李嬤嬤都是借鑑。

十四

賈瑞

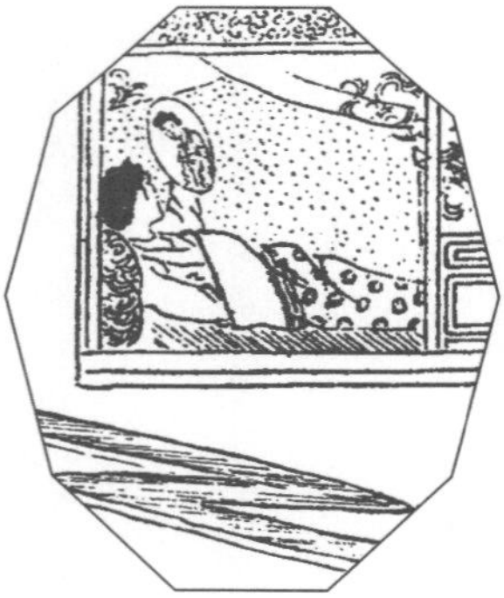

賈瑞被情慾煎熬，他一生在祖父的壓迫下活得沒有一點光采，
連學堂裡的學生都看不起他，好像他想藉一次瘋狂絕望的愛情證明什麼，
證明自己是一個男子，也有愛，也有慾望，
也可以大膽，也可以自信，也可以義無反顧決絕地走向死亡。

十幾歲最初看《紅樓夢》時，很厭惡賈瑞這個人物。不知道為什麼，大概過了四十歲，每次看《紅樓夢》就會被賈瑞這個人物吸引。

賈瑞在《紅樓夢》第九回就出現了，但是不容易受到注意。他是學堂教師賈代儒的孫子。賈代儒是苦讀一生的讀書人，沒有考取科考，沒有功名，只好在賈府私人貴族學校做教書匠。學生都是公子哥兒，不愛讀書，賈代儒教得也不起勁，對自己的職業大概也覺得窩囊，常常藉故缺課，就讓孫子賈瑞代課。

賈瑞從小父母雙亡，在一個不得意、懷才不遇的酸文人祖父跟前長大，可以想像，這個祖父多麼嚴厲，把一生不得志的委屈怨恨都壓在這可憐的孫子賈瑞身上。賈瑞被祖父嚴格管教，不是打就是罵，變成一個沒有自信、縮頭縮腦的年輕人。

第九回裡學堂鬧事，小學生打成一團，賈瑞代替祖父上課，等於是助教，卻完全管不住學生。一些有錢學長像薛蟠，用錢包養俊美學弟，賈瑞知情，也從中抽頭，得些好處，因此更失去立場，沒有威嚴，鎮壓不住學生。

作者在第九回已經粗略勾勒出賈瑞軟弱、卑微、畏縮的個性，這一線索要到第十一回，賈瑞才成為主角，出現了他性格隱藏的宿命悲劇。到第十二回，賈瑞就被王熙鳳毒設的相思局害死。十一、十二這兩回抽出來，恰好是以賈瑞為主角的一個精采短篇。

以賈瑞為主角的第十一、十二回，結構完整，一開始是賈敬壽辰，寧國府安排家宴，王熙鳳作客，去探望了正在養病的秦可卿。秦可卿病情嚴重，對王熙鳳說：「我知道這病不過是挨日子的。」王熙鳳聽了傷感，離開秦可卿臥房，走到花園，正欣賞園中景致，「猛然從假山石後走出一個人來」，王熙鳳一驚，這人就是賈瑞。

作者沒有說賈瑞是偶然在花園巧遇王熙鳳，還是刻意等在這裡，要故意邂逅暗戀已久的愛人。

賈瑞說：「也是合該我與嫂子有緣……」不斷拿眼睛上上下下打量鳳姐，這當然是眉目傳情，看來不是巧合，他隱藏在心裡對王熙鳳的慾望大概已經很久，終於爆發。

賈瑞為什麼會愛上王熙鳳？賈瑞是《紅樓夢》裡青年男子中最不出色的一個，沒有個性，畏頭畏尾，卑微邋遢，從家世到才情到長相都不起眼，他有點像一個班級裡永遠不被看見的那個學生，他也很像一個團體裡常常被遺忘的那一個。

然而，他為什麼敢去追求王熙鳳？

王熙鳳何等亮麗，何等精明，何等華貴？王熙鳳一出場，永遠是眾人簇擁圍繞的中心。任何人都沒有想到，賈瑞會對跟自己如此不相稱的女性有非分之想。

王熙鳳也被激怒了，她心裡暗想：哪裡有這樣禽獸的人，他果真如此，幾時叫他死在我手裡。

王熙鳳出身九省統制王子騰家族，年輕當權，是賈府最炙手可熱的人物。她的情感並不專一，與丈夫新婚不久，剛有一個女兒，卻疼愛起長相俊俏的年輕姪兒賈蓉，關係曖昧。但是這一次，她對賈瑞的追求有一點反應過度。

被一個人追求，不接受就罷了，可以當面拒絕，也可以疾言厲色罵賈瑞一頓，杜絕他的妄想。但是，王熙鳳假意暗示賈瑞有機會，心裡卻咬牙切齒地說：「幾時叫他死在我手裡。」王熙鳳的恨耐人尋味。

需要對賈瑞恨到這樣程度嗎？需要一而再、再而三地安排陷阱，讓呆頭呆腦的賈瑞硬生生在情慾挑逗裡被徹底折磨而死嗎？

王熙鳳太優秀了，太聰明了，太自信了，她一生機關算盡，都是與人競爭輸贏。她是不能輸的人，看到賈瑞如此難堪卑微，卻竟然敢追求她，王熙鳳覺得被侮辱了嗎？不能輸的女人，覺得被侮辱了，大概就要好好把對方整死。

賈瑞完全不是對手，他被情慾煎熬，他一生在祖父的壓迫下活得沒有一點光采，連學堂裡的學生都看不起他，好像他想藉一次瘋狂絕望的愛情證明什麼，證明自己是一個男子，也有愛，也有慾望，也可以大膽，也可以自信，也可以義無反顧決絕地走向死亡。

賈瑞的愛，像一次悲劇的自殺。

第十二回裡，因為王熙鳳小小的暗示，賈瑞三天兩頭去找鳳姐。王熙鳳像一隻厲害的貓，猙獰地看著面前的老鼠，老鼠連跑都不想跑，一再被貓的指爪玩弄，遍體鱗傷。被羞辱，然而不跑、不逃避，或許連那猙獰的玩弄凌辱都是他要的。二十歲，活得這樣窩囊，他好像終究要這樣轟轟烈烈地愛一次，死而無憾。

賈瑞讓我想起舊俄杜斯妥也夫斯基的小說《被侮辱與被損害的》。華人文學最缺乏的卑微者難堪者的描寫，卑微、敗德、失格、一無是處的人生，卻被《紅樓夢》書寫了，讓驕傲自信不饒人的王熙鳳贏得如此殘酷空虛。

第十二回看完，徹底失敗也失格的，或許並不是賈瑞，而竟然是機關算盡、把他人踐踏到死的王熙鳳。

王熙鳳洞察人的慾望，他太清楚賈瑞愛上了她，她要利用這一鈎餌讓對方上鈎。她從沒有嚴詞拒絕賈瑞，她總是一再引誘，她引誘賈瑞在臘月寒冬的半夜到穿堂等她，寒風刺骨等了一夜，賈瑞幾乎被凍死。一夜未歸，回家被祖父打了三、四十板子，不准吃飯，跪在院子讀書。

賈瑞應該領悟是王熙鳳戲弄他，然而他繼續往火坑跳。他去找鳳姐，鳳姐先抱怨他失信，賈瑞急得起誓，鳳姐就再約他夜裡到小屋等，他有點懷疑又要被耍，問說：「果真麼？」鳳姐說：「你不信就別來。」賈瑞說：「必來，必來！死也要來！」

結果鳳姐指派賈蓉、賈薔，又把賈瑞戲耍一頓，不但勒索遮口費，還騙賈瑞躲在臺磯底下，澆了他一身的糞水。

總覺得作者是含著眼淚寫這一段，人世間太多的執迷不悟，也就如賈瑞一樣吧！

賈瑞一再被騙，最後在病床上，道士給他「風月寶鑑」，是一把鏡子，囑咐他只能看反面。反面是一具骷髏，看了怕人，賈瑞就轉正面看，正面是王熙鳳招手叫他，他就進去做愛，一而再再而三，一灘一灘遺精死在床上。

《紅樓夢》如果要說一「痴」字，賈瑞的「痴」是最徹底的吧！

聰 明 累

機關算盡太聰明，反算了卿卿性命。
生前心已碎，死後性空靈。
家富人寧，終有個家亡人散各奔騰。
枉費了，意懸懸半世心；好一似，蕩悠悠三更夢。
忽喇喇似大廈傾，昏慘慘似燈將盡。
呀，一場歡喜忽悲辛。嘆人世，終難定！

王熙鳳

十五

張友士

東方的美學原不只在繪畫詩詞音律中求，
生活中拳術、烹調、醫卜，都可見「沉伏」或「高揚」，「虛」或「實」，
可以像「火」之熾烈，也可以如「水」之婉轉吧。
不回到人的細微感覺世界，或許不容易聽懂張友士說的醫理。

《紅樓夢》不只是一本小說，它包含著中國社會各類別的知識，如醫藥、建築、園林、戲曲、詩詞、聲律、喪禮、年節喜慶、紡織……包羅萬象，有點像一部百科全書。這些分門別類的專業知識，可以單獨成為條目，而在一部大小說中，又都能納入文學的主線，不覺突兀，也不覺得作者賣弄知識。

第十回有一段關於醫藥的條目，就很值得抽出來單獨欣賞。

第十回談到秦可卿生病，看了很多醫生，吃了很多藥，總不見效。公公賈珍、婆婆尤氏都很著急。賈珍朋友馮紫英推薦一位名醫張友士，據說醫術高超，賈珍很高興，就拿了名帖去請。

賈珍是大官，張友士接了名帖，趕緊回覆，一方面謙虛醫術淺薄，另一方面據實報告說一整天拜客，「精神疲頓」，無法出診看脈，需要「調息一夜」。

張友士的「調息一夜」是東方醫學術語。現代醫學多依據科學儀器檢測，血壓、血糖、膽固醇、尿酸，都有數據，很少聽到醫生需要「調息一夜」。

「調息」是中醫的要求，在廣泛的東方哲學也有這種說法。無論習武、養生、禪坐、修行、品茶、弈棋、鼓琴、書畫，常常都與「調息」有關，最粗淺的解釋是個人對自己靜定專一的要求，沉下氣來，把呼吸調好。心浮氣躁，當然很難有清明的思維，氣急敗壞，也很難感覺細微的心事。

張友士的「調息一夜」，是為了第二天可以在探病診脈時全力以赴。第二天張友士到了賈府，見了秦可卿，賈蓉想先把病情報告一遍，這有點像今天先看病歷，有病歷依循，方便診斷。然而張友士拒絕了，他建議還是先把脈，再說病情。他認為第一次見秦可卿，對病情來龍去脈一無所知，先從脈象入手，可以沒有成見吧。

張友士當然也自信他可以從脈象就判斷出病情，以此取得賈府的信任吧。

張友士為秦可卿把脈一段寫得極好。我們今天理解的把脈，如同西醫的聽脈搏跳動次數。張友士的聽脈，是中醫所說的寸、關、尺，以三指按在脈上，中指為關，食指為寸，無名指為尺，三指輪流輕按重按聽脈。左右兩手的寸、關、尺，脈象連接著病人五臟六腑的內在狀況，左寸診心，左關診肝，右寸診脾胃。

張友士探脈結束，報告脈象，如「左寸沉數」、「左關沉伏」，一般人不容易聽懂。左手寸脈反應心臟跳動次數不正常，左手關脈則反應出肝臟「沉伏」的脈象。

張友士向賈蓉再解釋，「左寸沉數」是「心氣虛而生火」，「左關沉伏」是肝臟「氣滯血虧」。「沉」是輕按感覺不到，要重按才有反應，「伏」是重按近骨才有脈象，都是指尖觸覺上非常細膩的感覺。

張友士的中指按在秦可卿左手腕脈上，細聽脈搏跳動的速度輕重，沉滯低伏，像琴家的手指在弦上移走按捺，琴音的高明處或許不僅是聽覺，也是指尖細微處的觸覺心事吧。醫師診脈通於琴律，或許也是觀看東方文明與西方文明有趣的分際吧。

「沉」「伏」二字，不像醫學名詞，不像病理判斷，竟像是琴家高手過招了。

東方的美學原不只在繪畫詩詞音律中求，生活中拳術、烹調、醫卜，都可見「沉伏」或「高揚」，「虛」或「實」，可以像「火」之熾烈，也可以如「水」之婉轉吧。

不回到人的細微感覺世界，或許不容易聽懂張友士說的醫理。醫理通於生命性格，張友士最後就從秦可卿的脈象，說到她性格的宿命悲劇了。

「左關沉伏」是脈象，這脈象顯現出肝臟氣滯血虧。「氣滯血虧」會有「脅下痛脹，月信過期，心中發熱」的症兆，症兆是大家都看得見的，中醫、西醫都一樣，然而張友士是通過脈象，說到病因，再談到病徵，然而他最終關心的是病人性格宿命的本質。

看完左手脈象，張友士再診秦可卿右手的脈，也一樣是寸關尺依序探診，得出的結論是「右寸細而無力，肺經氣分太虛；右關虛而無神，脾土被肝木剋制」。

右寸是診肺經，右關是主脾胃。張友士說了一句「脾土被肝木剋制」，脾臟是土，肝是木，這句話的背後帶出了東方醫學的五行觀念，木火土金水，五樣物質，各有各的特性，彼此相生相剋，彼此牽制，構成宇宙間一切的秩序平衡。

五行相生相剋，在漢代董仲舒的《春秋繁露》裡已經整理出哲學體系，對整個東亞發生極深遠的影響。心是火，脾胃是土，肝是木，腎是水，肺是金，五行在五臟裡也牽制平衡，器官間相剋也相生。

如同方位上的東西南北中，東主木，是春，是青色，是龍；西主金，是秋，是白色，是虎；南是火，是夏，是赤色，是朱雀；北是水，是冬，是黑色，是玄武龜蛇，這一套五行理論長期深入民間，被當作放諸四海的宇宙準則。風水堪輿有青龍白虎，城市方位規劃有朱雀玄武，不僅在中國據以為範本，也影響到韓國、日本、越南等地區。

醫學系統納入五行很容易被視為玄學，甚至迷信，但是這一套系統卻可能在今日再度被重視。一位受西醫科學教育的資深醫師告訴我：西方醫學的分科，可能使醫師只看到一個局部器官。他的話語含蓄，但我想起了《紅樓夢》張友士從人的整體來看待病情的另一套醫學系統的存在價值。

張友士最後的判斷不是今天醫師會論斷的了，他說秦可卿「心性高強，聰明太過」，這樣的個性，常不如意，思慮太多，而憂慮傷脾，肝木特旺，經血就不能按時而至。

小說關心的也不是秦可卿生理的病，而是她性格的悲劇吧。

這有點像算命了。古代東方「醫」「卜」並列，是發現生理心理本來就牽連難分嗎？

十六

戴權

這是一個時代買官賣官的具體案例。
戴權和賈珍，一賣一買，雙方都對規矩程序一清二楚，
沒有討價還價，也沒有尷尬扭捏。
尤其是戴權，說話清楚有分寸，顯然是箇中好手。

《紅樓夢》裡許多小人物寫得極好，卻因為戲分少，出場故事不多，多被忽略。但是他們身上所代表的社會現實卻極為傳神逼真，也是作者極力書寫的重點。他們像這部大小說裡織錦堆繡的一角，佔的篇幅很小，但一部大作品若少了這些圖紋織錦，就顯空洞貧乏。

多看幾次《紅樓夢》，常常會停在這些人物身上，咀嚼他們的語言表情，活靈活現，不得不佩服作者的細微白描。

第十三回有一個太監，名叫戴權，出場只說了幾句話，不到一頁的篇幅，卻使人印象深刻。

十三回寫秦可卿去世，賈府正在辦喪事，公公賈珍特別熱心，為秦可卿挑上好的棺木，「幫底皆厚八寸，紋若檳榔，味若檀麝」。賈珍做為公公，對兒媳婦秦可卿的喪禮如此介入，引起很多學者評論。

不只選上好棺木，賈珍還要讓喪禮辦得鋪張風光，但是賈蓉年輕，還沒有官銜，妻子逝世，自然排場執事都只是一般平民規格，賈珍就開始動起腦筋了。

秦可卿死去，很多貴族公侯都來祭弔，華人社會的婚喪都是社交，顯現排場也比對死者哀悼重要，豪門世家更以此彰顯權勢榮耀。如今日台灣，喪禮上掛著總統、副總統、五院院長的輓聯牌匾，也還是一樣的心理吧。

頭七的第四天，祭弔的人之中來了大明宮掌宮內監戴權。這太監出來的氣派不小，人還沒有到，「先備了祭禮遣人來」，這是對喪家預先通報了。接著，戴權就「坐了大轎，打道鳴鑼，親來上祭」。戴權來祭弔，當然不是為了秦可卿，而是秦可卿背後寧國府賈敬、賈珍的權勢。

政府官員對這些皇宮裡伺候皇帝的太監特別敬畏，生怕有一點疏忽，得罪了這些人，他們若在當權者身邊咬耳朵，這些官員就吃不了兜著走，有的罪受。

賈家已經四、五代做官，當今還有一個賈府的女兒在內宮做皇妃，賈珍自然知道如何周旋這大明宮的太監。

「賈珍忙接待，讓座至逗蜂軒獻茶……」

如果戴權來賈府只是祭弔秦可卿，祭弔完就走了，賈珍讓座到花園逗蜂軒，自然是因為有私事要談。這私事就是要替兒子賈蓉捐一個官銜。「捐官」是好聽的說法，其實也就是政府賣官，民間買官。

賈珍說得直接，要給賈蓉捐一個「前程」。我們今天對買官賣官的事都沒有經驗了，戴權和賈珍，一賣一買，默契之好，就像在百貨公司買東西，買賣雙方都對規矩程序一清二楚，沒有討價還價，也沒有尷尬扭捏。尤其是戴權，說話清楚有分寸，顯然是箇中好手，換在今天，大概也還是官商勾結的厲害人物，檢調單位也動不了他。

賈珍才剛說了要為賈蓉捐官，戴權立刻回說：「想是為喪禮上風光些？」能夠這樣準確摸透買方的心理動機，這掌宮太監戴權是太有經驗了。賈珍與戴權兩句話一交鋒，立刻進入主題，這戴權也無所顧忌，下面一段話直接了當，一點也不含糊，讓買方清楚知道接下來要如何買，有哪些貨品，如何付款，有哪些人也要買，出了多少價錢，簡直像今天網路購物，很難想像這是一個總管太監在跟政府官員談官位的買賣。

戴權說：「事倒湊巧，正有個美缺。」這麼巧，你要買，剛好有貨。他接著說了官位的缺：「三百員龍禁尉缺了兩員。」要賣的貨是「龍禁尉」，總統府的憲兵或貼身隨扈吧，剛好缺兩個位子。

接下來戴權立刻表示一個缺已經賣了，「昨兒襄陽侯的兄弟老三來求我，現拿了一千五百兩銀子送到我家裡……」

如此簡短，表示襄陽侯兄弟求他，買了一個，價錢是現款一千五百兩銀子，而且是把錢送到戴權私人家裡。交代如此清楚，賈珍可以依據指令辦事。

戴權當然還要表示這是特別的交情，因為還有別人也要買，他覺得交情不夠就不賣給他。

戴權的語言太漂亮了，直接轉錄欣賞：「還剩了一個缺，誰知永興節度使馮胖子要求與他孩子捐，我就沒工夫應他。」

戴權談買官賣官，毫不遮掩隱諱，襄陽侯、永興節度使，都不是小官，在戴權口中也就叫做「馮胖子」，不熟悉官場的人，真容易誤會是買賣西瓜一樣。

想像朝廷的高官權貴，在這些內庭太監眼中，如此比販夫走卒都不如，那「馮胖子」也應該是今天稱霸一方、重要的地方軍區司令吧。

戴權三言兩語把事情辦完，說了一句漂亮話：「既是偺們的孩子要捐，快寫個履歷來。」

「偺們的」很有幫派老大說話的口氣，當然也給足了賈珍面子。但是每讀到此，還是汗涔涔出，這樣的官場文化，哪一天戴權若不認「偺們的」，這寧國府賈家就要遭殃了。

賈珍即刻照辦，寫了賈蓉的履歷交給戴權。戴權看了，回手交給貼身的小廝，說：

「回去送與戶部堂官老趙，說我拜上他起一張五品龍禁尉的票，再給個執照……」

一個國家的五品官位就買賣成功了，比今天拿駕照還容易。他還是把戶部（內政部人事行政局）的官員大剌剌地叫做「老趙」。

賈珍還問了一句：銀子是交到部裡，還是送入內相府中？

戴權也直接指示：「平準一千兩銀子送到我家就完了。」比襄陽侯少了五百兩，這也讓賈珍千恩萬謝了，自然會遵指示把現款送到戴權私人家裡。

這是一個時代買官賣官的具體案例，由戴權這樣一位老練太監娓娓道來，讓人大開眼界。青年學生多讀不懂這些書中片段了，也不會覺得是文學裡重要的部分吧。但是，不知道為什麼，戴權不僅讓我想到中國戲台上的太監，也讓我彷彿看到今天官場的某些嘴臉。

今天台灣年輕人讀不懂也就罷了，或許是一種幸福。

十七

北靜王與二丫頭

這相互愛慕已久的兩位少年，在秦可卿的喪禮上相見了，
在出殯隊伍的路邊，滾滾紅塵撲面。
死去的秦可卿是在夢裡引領寶玉進入情慾世界的警幻仙姑，
她的死亡，仍然引領兩位少年在生死流浪的路上相見。

《紅樓夢》第十五回同時描寫兩個完全不相干的人物，一個是俊美年輕貴為親王的北靜郡王，一個是不知名的村落裡連名姓都沒有的女子二丫頭。

作者為什麼把這兩個八竿子打不到一起的人物寫在同一回？他們都與賈寶玉有緣，緣分卻又很淡，若即若離。每一次讀到這一回，還是對這兩個人物的並列感到興趣。

北靜王是在第十四回結尾就出現的，因為秦可卿的喪禮，諸王公侯都來祭奠，有南安郡王、東平郡王、西寧郡王，以及最年輕的北靜郡王。

北靜王年未弱冠，還不到二十歲，因為先祖功高，所以世襲王位。

北靜王年輕尊貴，卻沒有權貴的驕矜囂張，他親自祭奠秦可卿，車駕驚動了賈珍、賈政，即刻到轎前以國禮參拜。北靜王沒有下轎，只是在轎內欠身答禮。

作者要寫的好像不是北靜王對秦可卿喪禮的出席，而是為了其他的動機。因為北靜王與賈政見面一寒暄，就問到了賈寶玉。他說：「哪一位是啣玉而誕者？久欲一見為快。今日一定在此，何不請來？」

十三、四歲的少年賈寶玉，口中啣著一塊玉誕生的奇蹟，十八、九歲的北靜王聽過，感到好奇，一直想見一次面，借秦可卿的喪禮，可以了此宿願，就直接毫不隱諱地向賈政提出。

北靜王身分尊貴，在喪禮公眾場合要求召見一名不相干的少年，其實容易引人議論。但是北靜王似乎不顧忌，像上網徵友一樣自然。

賈政也吃驚，北靜王這一舉動，好像不合國禮，卻讓長期謹慎在官場周旋的賈政受寵若驚，當然立刻召寶玉前來參見。

寶玉聽說北靜王要見他，心裡也高興。他也久聞北靜王「才貌俱全，風流跌宕，不為官俗國體所縛」，長久以來，寶玉也很想認識這樣一位沒有被國家體制綑綁污染的年輕郡王，只是他怕父親賈政，賈政是做官做到拘謹的典型官僚，自然約束兒子不得失禮妄動。

《紅樓夢》在寫前世緣分，他們來到人間經歷紅塵，卻都有天上的族譜，因此身在人間卻常不守世俗規矩。

這相互愛慕已久的兩位少年，一個十八、九歲，一個十四歲左右，在第十五回相見了，在秦可卿的喪禮上，在出殯隊伍的路邊，滾滾紅塵撲面。死去的秦可卿是在夢裡引領寶玉進入情慾世界的警幻仙姑，她的死亡，仍然引領兩位少年在生死流浪的路上相見。

北靜王叫世榮，寶玉眼中看到他的容貌衣飾，像一場夢——「頭上戴著淨白簪纓銀翅王帽，穿著江牙海水五爪龍白蟒袍，繫著碧玉紅鞓帶，面如美玉，目似明星。」

寶玉參拜時，「世榮從轎內伸手挽住」。作者直接用名字，避去王號。少年相見，只是有天上緣分，沒有世俗禮法，世榮「伸手挽住」，他們在人世間一見，也要肉身相親。

寶玉這一天也是一身素白——「束髮銀冠，白蟒箭袖，攢珠銀帶，面若春花，目如點漆」。北靜王稱讚了一句：「名不虛傳，果然如寶似玉。」

北靜王要求看寶玉誕生時口中啣的那一塊玉，寶玉從衣內取出，北靜王看了，又親自給寶玉戴上。好像一個高三男生與國中男生初次見面，他們的緣分也止於此嗎？

北靜王告知賈政要好好教育這少年，也主動提出可以讓寶玉常到王府，與他切磋功課學問。

寶玉以後常去北靜王府，但做些什麼，作者多點到為止，並無描述。倒是小說第二十八回，寶玉邂逅了一個反串女角的戲子琪官，原名蔣玉菡。寶玉初見面，就從扇柄上解下珮玉相贈，蔣玉菡沒有禮物，就解了繫內衣的大紅色汗巾子與寶玉交換，還特別強調這汗巾子是北靜王所贈。

《紅樓夢》裡這些青少年以貼身之物彼此餽贈，蔣玉菡、寶玉、北靜王也似乎在一條汗巾子間有了族譜關係。

北靜王脫下手腕上的蕶苓香念珠，說是皇帝所賜，給寶玉做見面禮，就離去了。出殯的行列繼續前進，到了一處村莊，農民都沒有見過這些貴族人物，躲在一邊觀看。隨扈僕從趕走閒雜人等，讓鳳姐、寶玉、秦鐘休息更衣如廁。寶玉和秦鐘好奇農家的鋤犁農具，不但沒見過，也不知道有何用處。寶玉看到一個紡紗車，當然也不知道是什麼東西，就用手把玩起來。

忽然一個女子衝進來說：「別弄壞了！」四周隨扈僕從趕緊喝止這女孩，女孩無懼，說：「等我轉給你瞧。」後來屋外有人叫道：「二丫頭，快過來！」寶玉見到這二丫頭大概只有幾十秒鐘，二丫頭就被叫走了。

寶玉心裡抱歉，他只是好奇，沒有意思要弄壞別人的東西。富貴公子要欺負一個田莊女孩，這樣的故事太多了，然而寶玉只是覺得抱歉。生命的尊重或許原不在貴賤之分。一旁的秦鐘輕薄地說：「此卿大有意趣。」用現代粗鄙男子的話就是：「這妞不錯！」或是「這馬子有趣。」寶玉聽秦鐘如此說，立刻指責：「再胡說，我就打了！」顯然寶玉覺得秦鐘此時佔二丫頭便宜太輕浮下流。

二丫頭當然不會與寶玉有任何後續的瓜葛牽連，她在寶玉的故事中只出現這一兩分鐘吧，小說裡不到一頁篇幅。然而每讀到此，都覺得作者剛寫完北靜王，緊接著寫二丫頭，令我深思。寶玉不是沒有情慾的少年，然而在貧賤卑微的農莊，他對二丫頭如此端正尊重，指責秦鐘輕薄，或許是《紅樓夢》作者流露人性最動人之處。

出殯行列離開農莊，繼續前行，寶玉在馬車上，頻頻回首四顧人群，最後在村子口看到二丫頭手裡抱著幼弟，寶玉心中悵然，「電捲風馳，回頭已無蹤跡」。《紅樓夢》的作者情感至深，好像只是對人世間有說不完的愧疚抱歉。

二丫頭讓我想起沈從文筆下無名姓的妓女水手，一九四九年後這些社會小人物在文學裡變假了，多只是樣板。

十八

淨虛與智能兒

作者寫少男少女情愛纏綿，其實與智能是不是尼姑無關，
一個從小養在寺廟的女兒，彷佛第一次有了她少女青春的得意，
她在一件宗教的制服下仍然有如此熱烈的肉身自覺。

死亡與性，死亡與現世的慾望，看起來極不相干的主題，《紅樓夢》卻常放在一起呈現。

《紅樓夢》在第十五回裡寫秦可卿的出殯，隊伍浩浩蕩蕩，像是賈府的一次郊遊。作者沒有極力寫死亡的悲哀，而是寫活著的人在貪嗔痴愛中執迷不悟的現象。死亡如此近，近在眼前，但是現世裡的人都渾然不覺得那死亡與自己有關。

或許，死亡的概念太抽象，死亡不真正臨到自己的身上，是難以有任何具體覺悟吧。

秦可卿臨終時魂魄曾經到王熙鳳面前，親口交代提點了許多家族應該警醒的後事，嚇得王熙鳳一身冷汗醒來，即刻就聽到了喪鐘響起。

海明威的小說《戰地鐘聲》（*For Whom the Bell Tolls*），那喪鐘敲響，也是死亡意識迴盪。有趣的是，秦可卿死後，整個喪禮出殯寫得極其世俗，是世俗裡一場熱鬧的戲，人人都在戲裡表演，卻與死亡本質的省悟一無關係。

秦可卿停靈在賈氏家廟鐵檻寺，在這裡要做超渡亡魂法事。十五回的兩座寺廟——鐵檻寺和饅頭庵，都有寓意。「縱使千年鐵門檻，終須一個土饅頭」，寓意明白直接，即使是有鐵打的門檻，堅硬牢固，終究擋不住死亡，無論如何防範，所有的生命最終只是一個饅頭一樣的土堆。

秦可卿的屍體停放在鐵檻寺，這是專為賈家辦喪事的廟。王熙鳳嫌人多吵雜，就住了附近原名水月庵的饅頭庵。作者遮掩掉了饅頭二字的寓意，只說這水月庵饅頭做得好，人們就叫做饅頭庵。

王熙鳳一住定，庵裡的住持淨虛，就趁機向王熙鳳關說了一件司法訴訟案件。在饅頭庵裡，她們談的不是死者的悲憫，不是死亡的哀傷，她們無暇顧及死亡，因為眼前有這麼多活著的人的糾葛。

淨虛法師是饅頭庵的住持，帶著兩個小尼姑——智能和智善，管這寺廟。淨虛很忙，她告訴王熙鳳這幾日收了十兩銀子，正為胡老爺家唸《血盆經》，淨虛心裡牽掛著許多世俗中的事。

她開口向王熙鳳求情，希望藉賈府權勢，影響一件司法判決。她說，以前認識一個施主姓張，是大財主，女兒金哥已經許配一位守備的兒子，收了訂金，不久父母貪財，又收了另一位李衙內兒子的聘金，守備與衙內，兩家爭訟，都不肯放手。張家就來拜託淨虛，要淨虛利用關係，關說節度使雲老爺，讓原先下聘的守備退親。

饅頭庵的淨虛如此介入一件司法案件，當然不簡單，淨虛也說得明白，只要王熙鳳插手，事情辦成了，張家願意「傾家孝敬」。

「傾家孝敬」就是花大錢，淨虛從中不會沒有好處。

王熙鳳沒有興趣管，也強調自己不等這銀子花。此時淨虛出了激將法，她嘆口氣，表示張家不會以為王熙鳳不稀罕謝禮，而是懷疑賈府勢力連這點事都管不了。

王熙鳳是爭勝好強的人，她從王家權貴嫁進賈府豪門，很難受淨虛這話的刺激。人的自信自傲得意處，常常就是自己的致命傷所在。王熙鳳在饅頭庵接了她第一件介入司法黃牛牟利的關說案件。

王熙鳳明白告訴淨虛，她從不信陰司報應，只要張家拿三千兩銀子，她就出面辦這件事。

王熙鳳講得也漂亮，她跟淨虛說，這三千兩只是打發小廝的跑路費，她一個錢也不要。

饅頭庵裡王熙鳳對錢財權勢的貪婪，就在秦可卿死亡面前一覽無遺。

王熙鳳果然辦成了事，只是修書一封，以賈府勢力逼迫守備退了親。但沒想到，金哥這女子有情有義，氣憤父母貪財貪勢，違反信諾，對不起守備家，一根麻繩自縊而死。守備兒子聽說了，哀痛不已，決定與金哥殉情，也跳河自殺了。貪財貪勢的張家父母人財兩空，倒讓王熙鳳現賺了三千兩銀子。

饅頭庵與死亡如此靠近，王熙鳳在現世慾望中，卻很難有覺悟。

同時，就在淨虛跟王熙鳳談論司法訴訟案件時，死者的弟弟秦鐘，就在廟中勾搭小尼姑智能。

寺廟中有些窮人家孩子被送去做尼姑和尚，原與修行無關，只是窮人父母給孩子找一個有吃有睡的地方而已。智能從小在賈府走動，與寶玉、秦鐘也相熟，她是個少女，生理上都發育了，出家人的衣服也掩蓋不了嫵媚體態。在佛殿上，秦鐘要智能端碗茶來喝，智能端了茶來，寶玉頑皮，故意說：給我。秦鐘也說：給我。智能抿嘴笑了，說：「一碗茶也爭，難道我手上有蜜？」

作者寫少男少女情愛纏綿，其實與智能是不是尼姑無關，一個從小養在寺廟的女兒，彷彿第一次有了她少女青春的得意，她在一件宗教的制服下仍然有如此熱烈的肉身自覺。

死亡近在眼前，然而青春情慾高漲，秦鐘當晚就溜到後房，摟抱智能，要與智能兒解決當下性的飢渴。秦鐘央求說：我已急死了。

死亡這麼近，然而現世的肉體慾望也如此強烈。智能掙扎，她說：「除非我出了這牢坑，離了這些人，才依你。」智能想脱離淨虛，脱離饅頭庵，水月庵對她而言是「牢坑」。秦鐘不是能負責的青少年，他說了一句：「遠水救不得近渴。」就吹熄燈，強抱智能上床，硬幹起來。

就在姊姊出殯喪禮中，情慾糾纏，秦鐘也很難對近在眼前的死亡有任何覺悟。第十六回秦鐘就面臨了自己的死亡，臨死時惦記寶玉，牽掛智能，賴著不想走。

《紅樓夢》裡對死亡意識體悟最深的還是寶玉吧，他在第十九回的一段話我反覆閱讀：「等我有一日化成了飛灰；飛灰還不好，灰還有形有跡，還有知識的。等我化成一股輕煙，風一吹就散了……」

十九

元春省親

《紅樓夢》的作者是要炫耀家族出了這樣一位「娘娘」嗎？
還是在所有的富麗排場之下掩藏著不可說的傷痛，
傷痛一位親人如此斷送了青春，
傷痛富貴背後連庶民的親情都無法享有的巨大悲劇。

《紅樓夢》第十六回敘述到賈府的長女元春，嫁到皇宮後，封了鳳藻宮尚書，加封賢德妃。皇帝特別體恤嫁進深宮的女子，多年不得與父母親人相見，准許回家省親。賈府闔家上下一方面感謝皇恩浩蕩，另一方面就開始忙著大興土木，找了叫山子野的園林設計師規劃，建造迎接貴妃回家的省親別墅。

十六回、十七回，一直到十八回，都圍繞著元春回家省親這一主題發展，最重要的就是興建省親別墅大觀園，保留了傳統園林建築的珍貴資料。第十七回賈寶玉隨父親第一次遊園，奉父命為每一處景觀即興題寫牌匾對聯，不僅說明了傳統園林的布局美學觀念，也說明了文字文學在中國建築中扮演的重要點題功能。

許多學者考證過，清代並沒有嫁進皇宮的妃子准許回家省親的史實。因此，元春回家省親這樣重要的情節，竟是《紅樓夢》作者杜撰的虛構故事嗎？

今天的讀者可能已經很難體會，年紀只有十五歲上下的少女嫁進皇宮，一輩子被關在宮中的悲慘事實。賈元春是賈府的長女，生在正月初一，被認為福大命大，果然嫁進皇室做了娘娘。然而，嫁進皇宮真的是福大命大嗎？

《紅樓夢》如果是一部同情所有女性遭遇的小說，那麼賈元春嫁進皇宮，看起來榮華富貴到了極致，卻也仍然是作者椎心悲憫的對象吧。

今天的青年讀《紅樓夢》第十八回，可能很訝異於賈元春回家省親的場面。元妃回家是元宵那一天，天濛濛亮，方交五鼓，元春的祖母賈母、母親王夫人，都開始「按品大妝」，穿戴起各自爵位封誥的禮服頭飾。作者描述了皇家的禮節森嚴，賈府上上下下的戰戰兢兢，不敢有一點差池。從早等到傍晚，一直耗到了點燈時分，一家人都累得筋疲力竭，才聽到跑馬之聲，十幾個太監拍手示意，元春車轎才將抵達，這是整整一天的漫長等待。

也許有人在《紅樓夢》裡看到的是貴族皇室的富貴榮寵，看到第十八回，必定充滿豔羨之心，恨不能自己做一日元妃，享受一日這樣的排場也好。

十幾對太監一一相對站立，隱隱鼓樂之聲，一對一對過完，然後才是八個太監「抬著一頂金頂鵝黃繡鳳鑾輿，緩緩行來」，是元妃車駕到了，賈母立刻率領眾人全部跪下。

這是祖母、母親向女兒下跪了。青少年時第一次讀到這一段，有一點心驚，或許也因為如此，以後並不覺得《紅樓夢》是一部炫耀榮華富貴的書，毋寧作者更要傳遞的是富貴榮華背後不可說的荒謬辛酸吧。

第十八回，作者描述元春欲行家禮，跪拜自己從小最親的祖母、母親，然而都被阻止了。這個少女嫁進皇家，成為妃子，她與家人的關係就只是「君臣」，不再是「父女」、「母女」或「祖孫」。元春見到祖母、母親，「三人滿心皆有許多話，俱說不出，只是嗚咽對泣」，然而元春說的第一句話，是如此心如刀割的話——「當日既送我到那不得見人的去處……」

如果《紅樓夢》的作者杜撰虛構了一位深宮妃嬪回家省親的故事，他要藉這一故事批判一個文化最非人性的本質嗎？他要藉著元春的口，說出一句讓整個民族深思的控訴嗎？

「不得見人的去處」，元春說的正是「皇家」。這或許也是所有豔羨《紅樓夢》的榮華富貴的讀者，津津樂道於《紅樓夢》的貴族族譜的考證家，應該深思的一句話吧。

為什麼皇家是「不得見人的去處」？為什麼一個皇宮裡的男子要豢養如此多的少女？

為什麼一個皇家要有那麼多的太監？把窮苦人家的男孩從小閹割，失去性和生殖能力，養在宮裡，無論後來如何假借皇室寵愛可以作威作福，也只是一群生理心理都無法健康的殘障。

賈元春嫁到「不得見人的去處」，一個以帝王一人為中心的宮廷，圍繞著許多十幾歲的青春少女，少女各有妃嬪等級，皇帝傍晚就依照敬事房呈上的牌子，決定那一晚跟哪一個少女睡覺性交。被翻到牌子的少女，洗乾淨身體，赤裸一絲不掛，用黃綾被子裹著，由太監抬到皇帝寢宮「侍寢」。「侍寢」也就是交配。如果不迷惑於所謂榮華富貴，這樣的皇家其實像一個皇帝專用的「妓院」，妃嬪各有封號，妓院妓女也都有花名冊。皇帝翻牌子跟嫖客選妓女有那麼大的不同嗎？

被皇室選進宮的少女，也有可能一輩子見不到皇帝，一輩子沒有福分被翻牌子，一輩子老死宮中。

《紅樓夢》的作者是要炫耀家族出了這樣一位「娘娘」嗎？還是在所有的富麗排場之下掩藏著不可說的傷痛，傷痛一位親人如此斷送了青春，傷痛富貴背後連庶民的親情都無法享有的巨大悲劇。

元春省親一段，或許使許多貪戀權貴榮華的少數讀者昏了頭，嚮往那樣的權勢榮寵，然而相信稍有人性的一般老百姓，都看得出這一段描述背後隱含的沉痛控訴。

《紅樓夢》正是在殘酷的權勢、腐敗的富貴中，為人性的反省留下最後一點溫暖的人性空間。

沒有貪婪權勢富貴之心，一定讀得懂《紅樓夢》的「一把辛酸淚」，貪婪權勢富貴就很可能「以假為真」，也就離《紅樓夢》作者的真正心事越來越遠吧。

元春接見父親賈政，說的是如此真切的話：「田舍之家，齏鹽布帛，得遂天倫之樂；今雖富貴，骨肉分離，終無意趣！」

這麼明白直接的話，不需要考證，一般老百姓也不會讀不懂。《紅樓夢》常說「假作真時真亦假」，富貴榮華是「假」，人性的至情至性才是「真」。多半的考證家會不會以「假」為「真」了？

二十

茗煙與卍兒

一個書僮跟少爺出門做客，竟然勾搭起別人家的女僕，
青天白日就在別人家的書房幹起這種勾當，大概只有被打死一條路。
中國社會幸災樂禍的多，抓到別人把柄，更是得理不饒人。
隨著年歲增長，才越發懂得作者是以何等的悲憫在寫這一段。

茗煙是寶玉的書僮，十五歲上下，頑皮得很。寶玉有四個書僮，都給他們取了刁鑽古怪的名字，像掃紅、鋤藥、墨雨。寶玉是文藝青年，給自己的書僮取如此文謅謅的名字，也合理。他們雖然是主僕，寶玉從不像小少爺，且因年齡相近，多時都像同學玩伴。

茗煙是書僮裡跟寶玉最親的一個，多半寶玉私下出家門，不想讓長輩知道，都是茗煙一個人跟著。

第九回大鬧學堂一段，茗煙露出了他青少年愛鬧事喜打架的本性。賈薔一調唆，說寶玉、秦鐘被人欺負了，茗煙即刻衝進學堂，二話不說，一把揪住金榮，破口大罵：「我們肏屁股不肏屁股，管你雞巴相干！橫豎沒肏你爹去罷了！」這是茗煙最經典的語言。寶玉太文雅有教養了，這種青少年粗野鄙俗的語言，要茗煙這樣身分的男孩子說出來，就不覺得下流粗魯，反而充滿市井小民的活潑氣味。

茗煙個性粗暴，做事也不太用大腦，這個人物讀起來特別有今天青少年的現代感。

第十九回裡有一段茗煙的風流韻事，作者寫得幽默，也特別寫出了茗煙毛躁衝動、瞻前不顧後的有趣個性。

十九回寫襲人回家，寶玉一個人無聊，就到賈珍家裡看戲。賈珍品味低劣粗俗，他點的戲都是武打吵鬧戲——「黃伯央大擺陰魂陣」、「丁郎認父」、「孫行者大鬧天宮」、「姜太公斬將封神」。寶玉最不愛看這種「神鬼亂出」的戲，鑼鼓喊叫，吵得人頭痛。

十四歲左右的寶玉其實有他寧靜的內心世界，這一天寶玉看到寧國府賈珍等人的粗俗，醜態畢露，作者藉寶玉的口說了一句頗有深意的話：「見那繁華熱鬧到如此不堪的田地……」彷彿預告了家族的敗亡。

寶玉從繁華熱鬧出走，一個人，忽然想到寧國府有一間書房，書房裡掛著一軸美人畫像，他起了呆念頭，心想此時人人都在外面看戲熱鬧，美人被冷落，自然是寂寞的，就想去陪伴安慰一下美人。

作者寫一個十四歲青少年的天真妄想，沒有任何疑慮，如此不可能被世俗成人世界理解的妄想，作者卻寫得理所當然。

陪伴愛戀一張畫裡的寂寞人物，或許比應酬世俗繁華熱鬧到不堪田地的粗鄙，要更真實吧。《紅樓夢》的動人，常常都在看來不近情理的細節處，寥寥幾筆，發人深省，卻也最容易被文學評論忽略。

寶玉剛走到書房外，卻聽到書房裡頭一片喘息之聲，寶玉嚇了一跳，他還是呆想：怎麼會有喘息聲，難道是美人活了不成？

寶玉用口水舔破窗紙，偷看屋內究竟如何，接著，作者用極其嬉謔幽默的方式寫了下面令人發笑的一段。

美人沒有活，倒是茗煙這小子趁大家看戲，沒人管他，就拐了一個丫頭在書房裡玩起性遊戲了。正玩得起勁，大聲喘息呻吟，沒想到就被寶玉撞到。

寶玉嚇一大跳，一腳踹門進去，把茗煙跟那丫頭都嚇得魂飛魄散。

在傳統社會，一個書僮跟少爺出門做客，竟然勾搭起別人家的女僕，青天白日就在別人家的書房幹起這種勾當，大概只有被打死一條路。茗煙跟這丫頭被發現了，都全身嚇得發抖。

茗煙跪了下來，寶玉當然責罵：「珍大爺要知道了，你是死是活？」

即使在今天，發生這樣的事，一個主人會如何處置僕傭，我們大概也猜想得出。

中國社會對其他人的性事特別有興趣，對自己的性行為卻常常假裝沒發生過。偷窺、議論、指責、懲罰他人的性行為，也常常似乎變成了滿足自己性慾的一部分。

寶玉才十四歲，他沒有殘酷地責罰。罵完自己的書僮，看一旁白白淨淨的少女，一臉羞愧，低頭不語，完全嚇傻了。寶玉跺一下腳提醒這丫頭：「還不快跑！」

隨著年歲增長，才越發懂得作者是以何等的悲憫在寫這一段。中國社會幸災樂禍的多，抓到別人把柄，更是得理不饒人。華人社會流傳著他人性事的光碟淫照，議論他人是非，沸沸揚揚，樂此不疲，然而十四歲的寶玉第一個想到的是趕快放走這丫頭。

《紅樓夢》看多了，都知道有多少丫頭悲慘的命運，晴雯、司棋、鴛鴦，沒有一點自主的命運，最慘的是金釧，好端端就被誣陷，走頭無路，逼到跳井自殺。

這丫頭何其好運，碰到的是寶玉。丫頭被提醒，一溜煙跑了，寶玉還擔心她羞愧自責會出事，追出去大聲說：「你別怕，我不告訴人。」

茗煙急得趕緊阻止說：「祖宗，這是分明告訴人了！」作者寫青少年的天真爛漫，如此包容，如此好笑，卻又使人感動。

每每讀到這一段，我就捫心自問：遇到我的青年學生如此犯錯，我也可以像寶玉一樣寬容諒解嗎？

寶玉看丫頭跑了，鬆了一口氣，他其實像菩薩般救了這丫頭一命。寶玉問茗煙：丫頭幾歲了？茗煙也不清楚，回答說：十六、七歲吧。寶玉嘆口氣說：連歲數也不問問，就做這事，可見她白認得你了。寶玉沒有把性當成不得了的醜事，卻覺得沒有認真的情感是大遺憾吧。

寶玉又問：丫頭什麼名字？茗煙說：卍兒。特別解釋她母親懷她時夢到一匹錦，上面是五色富貴不斷頭的卍字花樣。寶玉點點頭說：想必她將來有些造化。

卍字圖案是中國錦繡工藝裡常見的符號，取其吉祥。這圖案很古老，兩河流域六千年前陶罐上就有，最常見到是在佛像胸口。這丫頭書裡以後沒太提到，但僅此一回，已知她果真有造化，遇到了寶玉，逃過死亡凌辱一劫。

二十一

賈環

在現實生活裡，其實常常會看到「輸不起」的人，
不只是打麻將賭錢輸不起，在人生的路途上，愛情輸不起，工作上輸不起，
名利上輸不起，政治權力上輸不起，都可能藉賈環的賭錢一事有反省，
但是，沒有人認同自己可能就是賈環，這樣難能可貴的「反省」就不容易發生。

許多人讀《紅樓夢》，從小讀到大，讀著讀著，就把自己投射在書中某一人物身上。中學班上愛讀《紅樓夢》的，尤其是女生，讀了以後，常在一起討論，有人會問：「《紅樓夢》裡你最喜歡誰？」有人說黛玉，有人說寶釵。喜歡黛玉的，喜歡寶釵的，也都是自我的投射吧。

討論書中人物，相互說某人最好，為了維護自己，就會開始挑對方的毛病缺點。喜歡黛玉的批評寶釵，喜歡寶釵的批評黛玉。一涉批評，容易爭吵起來，不但攻擊對方支持的書中人物，鬧到最後，就人身攻擊，鬧得不歡而散。

黛玉、寶釵是兩個完全不同個性的人物，《紅樓夢》作者寫得好，也就是寫出了人的典型。人的典型其實無好壞之分，往往只是性格的不同。有優點就有缺點，才是典型。黛玉孤芳自賞，不屑世俗名利富貴，雖然是真性情，但也犀利，常常得罪人。寶釵善於察言觀色，圓融大度，人際關係特別好，有時就過於世故圓滑。

黛玉像秋天，她的〈問菊詩〉是自述：「孤標傲世偕誰隱？一樣開花為底遲？」不喜歡熱鬧，鄙棄世俗，寧願一個人獨處。

寶釵是春天，身體圓潤，心理積極樂觀向上，愛吃甜食，總是想到生命的美好。

喜歡春天或喜歡秋天，無關乎春天秋天的好壞，只是反映出自己個人生命內在的情狀吧。

《紅樓夢》的作者有佛法上的「平等觀」，他自始至終保有對每一個人物的悲憫包容，他看到了每一個生命的優點與缺點相互依恃的關係。每一種生命情狀都有形成的遭遇因緣，不是個人能左右，因此也都有不得已的苦衷。

到某一個年紀，《紅樓夢》讀多了，現世的人也看多了，會懂得《紅樓夢》裡當然不只是黛玉、寶釵、寶玉這些主要人物，會注意到剛讀《紅樓夢》時極不容易看到的角色，像賈瑞，像馮淵，像薛蟠，像賈環……

賈環，以今天的語言來說是賈寶玉的弟弟，同父異母的弟弟。他們的父親都是賈政，賈寶玉的母親是出身豪門的王夫人，兄弟是九省統制王子騰。然而賈環的母親是趙姨娘，一個奴婢出身的侍妾。

趙姨娘是一個地位低卑的奴僕，可是我常想，她應該有些姿色吧，否則家中男主人賈政為何跟她有肉體關係，生了一個女兒探春，又生了一個兒子賈環。

從奴婢到姨娘，好像地位身分改變了，其實以王夫人為首，家中諸人大概仍只是視她為奴婢吧。

賈寶玉是「嫡出」，也就是大太太生的。賈環是「庶出」，小三的孩子。今天人或許不太分「嫡」「庶」了。可是在傳統華人社會，「庶」是沒有身分的。一個小太太，趙姨娘，她的孩子也叫她「姨娘」，她有點像是「代理孕母」，只是替賈府生下兒女，親生兒女也不能稱呼她「母親」。探春、賈環的「母親」還是正室王夫人。

賈環在這樣的處境長大，心理的壓抑卑微可以想見。偏偏他長得不好看，頭腦不夠聰明，就越發讓人不喜歡。生理外貌是否與心理的自在或扭曲息息相關？賈環在書中處處的表現都讓人看不起。

好像從來沒有聽過任何一個讀《紅樓夢》的人認同賈環，然而，我們生活的周遭，真的沒有賈環這樣的人嗎？

《紅樓夢》的作者只是要讀者看到賈寶玉的美，仰慕賈寶玉的美，認同賈寶玉的美，而對賈環這樣卑陋鄙俗難堪的生命視而不見嗎？

書中賈環的故事頗多，這個人物是作者用心描寫的。第二十回，讀者如果初讀，對賈環性格還不清楚，可以借這一段描述略知賈環一二。

元妃省親的繁華熱鬧剛過，還在過年，學堂放假，賈環沒事，就到寶釵房裡玩。賈環看薛蟠侍妾香菱、寶釵丫頭鶯兒玩骰子賭錢，他也要玩，就坐在一處玩起來了。下面的描述即刻勾勒出賈環的個性：

一注十個錢，頭一回，自己（賈環）贏了，心中十分歡喜。誰知後來接連輸了幾盤，就有些著急。

賈環賭錢，贏一點錢就歡喜，一旦輸了就著急，作者用三兩句話描寫了一個輸不起的個性。

在現實生活裡，其實常常會看到「輸不起」的人，不只是打麻將賭錢輸不起，在人生的路途上，愛情輸不起，工作上輸不起，名利上輸不起，政治權力上輸不起，都可能藉賈環的賭錢一事有反省，但是，沒有人認同自己可能就是賈環，所以這樣難能可貴的「反省」就不容易發生。

「輸不起」未必是性格上的大缺點，但是沒有反省，就可能一路錯下去。

賈環輸得急了，一心要翻本，遇到一局，如果轉出七點、六點就贏了，一個骰子是二，另一個亂轉，鶯兒叫「么」，賈環瞪著眼睛叫「六、七、八」，那骰子偏轉出「么」來。賈環一急，伸手就作弊，說是四點，另一手就抓錢。

這是「輸不起」的悲劇吧，其實讀起來心酸。

鶯兒當然抗議賈環作弊，兩人爭吵起來。寶釵罵了鶯兒：「難道爺們還賴你？」賈環是「爺們」，鶯兒是「丫頭」，鶯兒無辜被罵，當然委屈，說了一句：「一個做爺的，還賴我們這幾個錢，連我也瞧不起。」

這句話夠刺傷賈環了，鶯兒又說：「和寶二爺玩，他輸了那些也沒著急，下剩的錢還是幾個小丫頭們一搶，他一笑就罷了。」

賈環是在這樣痛苦的比較中一路長大的，寶玉大方、漂亮、人人稱讚，而賈環貪婪、小氣、難堪、人人嫌厭。

沒有人認同賈環，然而，我總覺得作者如此認真在寫賈環，如此認真去瞭解賈環。

二十二

寶玉梳頭

寶玉是拒絕長大的孩子，拒絕世俗，拒絕成人的世界。
作者是在回憶，回憶中一切都還在眼前，桃紅杏紅的色彩，
雪白臂膀上的金鐲子，洗過臉的水還有餘溫，水中浮動香肥皂的氣味，
而那扶著頭，一次一次梳篦的觸覺，從頭頂麻到全身。

《紅樓夢》第二十一回有一個極美麗的畫面，一般人或許不容易注意到，或者看到了不以為重要，因此常想挑出來與人共讀。

這一段沒有講大事，正在過年，史湘雲來到賈家，多了一個玩伴，大家都開心。史湘雲就住在黛玉房裡，姊妹淘大概晚上聊天聊晚了，第二天遲睡賴床。寶玉一大早就過來，看丫環不在，直接就進到臥房，黛玉、湘雲都還熟睡在床上。

賈寶玉「披衣靸鞋」，靸鞋是把鞋子當拖鞋穿，腳後跟沒有踩進鞋去。寶玉的樣子有一點懶散隨意，他跟黛玉、湘雲都是從小一起長大的，甚至一起睡在碧紗櫥裡，睡在一個枕頭上，兩小無猜。寶玉漸漸大了，大家都提醒他男女有別。黛玉、湘雲也覺得長大了，應該有相處的分寸。

然而寶玉在書中有不可悔改的脾性，他愛跟姊姊妹妹擠在一起，他不顧世俗的議論，他不想接受成人世界的規矩，或者，歸根究底，寶玉拒絕長大，他要永遠停留在童年，可以跟姊姊妹妹沒有男女之防，可以天長地久，永遠相親相愛。

第二十一回寶玉到黛玉房中的種種舉動，明顯透露了他特殊的潛意識，不願意長大、不願意與童年玩伴生疏的個性。

寶玉一大早去找黛玉、湘雲，直接就進了臥房，下面是他看到兩個女生尚在沉睡的樣子：

那黛玉嚴嚴密密裹著一幅杏子紅綾被，安穩合目而睡。湘雲卻一把青絲拖於枕畔，一幅桃紅綢被只齊胸蓋著，襯著那一彎雪白的膀子，擱在被外，上面明顯著兩個金鐲子。

這是《紅樓夢》書中極美的畫面，少女的春睡。春天的早晨，生命美好的青春，桃紅杏紅，色彩也如此明亮喜氣。兩個人連睡覺也看出個性，黛玉安穩嚴密，湘雲灑脱，不拘小節，赤裸的臂膀也露在被子外面。

寶玉嘆口氣，暗笑湘雲連睡覺也不老實，怕她著涼，就輕輕替她蓋上被子。

一個十四歲上下的少年，寶玉眷戀著這兒時的體溫，沒有男女性別之分，也沒有親疏尊卑，人可以如此靠近，大概這就是前世的緣分了吧。

黛玉被驚醒了，知道是寶玉，就說：「這早晚就跑過來做什麼？」就命令他先出去，她們才好起身。

這是少年一大早闖入女生宿舍去了，在今天也還不妥，但是作者寫寶玉心境一清如水，沒有是非沾惹。

黛玉、湘雲起來，穿了衣服，梳頭，洗臉，丫頭紫鵑、翠縷服侍梳洗。梳洗完畢，翠縷要把洗剩的水倒掉。寶玉做了奇怪的舉動，他要翠縷不要倒水，他要用這剩的水洗臉。作者特別強調，紫鵑拿了香肥皂，寶玉卻說：不用了，這盆裡的就不少了。

一個十四歲的少年，究竟在眷戀什麼？黛玉、湘雲洗過臉的水，留著她們身上的體溫，水中有她們用過的香肥皂的氣味。少年寶玉記憶著所有人世間的溫度氣味，不克自拔。他被父親毒打，因為改不掉這戀物的習性，他被世俗鄙夷，因為如此深情於一生相處過的兒時玩伴。

寶玉是拒絕長大的孩子，拒絕世俗，拒絕成人的世界。

《紅樓夢》的許多細節，可能才是主題，大事為「假」，小事中處處都是「真」。

一旁看著寶玉洗臉的丫頭翠縷，就撇嘴嘲笑他：「還是這個毛病兒。」

是的，寶玉有「毛病」，世俗無法瞭解的「毛病」，這「毛病」使他「滿紙荒唐言」、「一把辛酸淚」。

不懂寶玉的「荒唐」，看不懂《紅樓夢》。不知「荒唐」，不懂「辛酸」，都與

《紅樓夢》無緣。
下面是寶玉另一個荒唐的事，他央求湘雲替他梳頭。
「好妹妹，替我梳上頭吧。」
湘雲道：「這可不能了。」
寶玉笑道：「好妹妹，你先時怎麼替我梳了呢？」
湘雲道：「如今我忘了，怎麼梳呢？」
湘雲「忘掉」，是因為長大了，男女有別。寶玉任性，他的身體上留著所有這些兒時姊妹的記憶，他拒絕忘掉。
寶玉不斷央求，湘雲拗不過，「只得扶過他的頭來，一一梳篦。」
「扶」這一字用到如此動人，生命裡沒有比「觸覺」更深的記憶吧。「觸覺」如此私密，卻也如此親密，無法與人分享。
寶玉忘神在梳頭的觸覺記憶裡了。
記得第一次讀到寶玉梳頭這一段，十分讚歎當年一個青少年髮型的講究。近日重讀，還是覺得現今少年的頭髮挑染、玉米鬚頭，其實都遠不如寶玉當年梳頭的講究。
平日在家，寶玉不戴冠，「只將四圍短髮編成小辮」，一條一條小辮子，全部歸攏到頭頂心，編成一條大辮子，用紅繩子繫緊。然後從髮頂到辮子尾端，一排四顆珍珠，最尾端還有黃金的墜腳。

這樣的髮型設計其實可以供今天的設計師參考，恐怕一般人也沒有功夫如此煞費周章去搞一個青少年的頭。

《紅樓夢》的迷人，常在這些細節中，作者不是有親身經歷，絕不可能寫到如此真切。許多人一定會著迷於書中種種繁華，金鑲玉砌，輝煌奪目，然而作者在寫的時候，種種繁華都已不再，因此，魯迅說得好——「悲涼之霧，遍布華林。」

作者是在回憶，回憶中一切都還在眼前，桃紅杏紅的色彩，雪白臂膀上的金鐲子，洗過臉的水還有餘溫，水中浮動香肥皂的氣味，而那扶著頭，一次一次梳篦的觸覺，從頭頂麻到全身。

寶玉的往事是視覺、嗅覺、觸覺、聽覺、味覺的全面記憶，讓人想起普魯斯特（Marcel Proust）的《追憶似水年華》（*À la Recherche du Temps Perdu*）。

二十三

賈璉與多姑娘

賈璉總是在王熙鳳嚴密的防範中不時越軌偷吃一下，接二連三發生這樣的事，
使人不禁懷疑，好像賈璉真正偷吃的快樂也不一定是性慾本身，
而是他在滴水不漏的嚴密防範裡，終於可以犯了一點規。
他的快樂，是背叛了悍婦妻子嚴密看管的快樂嗎？

賈璉是《紅樓夢》裡出場次數極多的角色，賈府玉字輩的富二代，和寶玉是堂兄弟，吃喝玩樂，鬥雞走狗，典型的紈褲子弟。不學無術，也不事生產，守著祖宗創立的富貴基業，坐享其成，日日淫樂。

賈璉二十歲上下，娶了娘家背景有權有勢的王熙鳳，大約新婚一年多，剛有了一個女兒巧姐。王熙鳳精明潑辣凶悍，賈璉相較之下，顯得窩囊不堪。家裡的奴婢僕傭都懼憚王熙鳳的厲害威嚴，逐漸成為「夫人派」，賈璉人單勢孤，要做一點壞事，也都有眼線向王熙鳳打報告。賈璉不時忍不住要拈花惹草，卻被王熙鳳盯得死死的，找不到一點空隙越軌。

性的慾望非常奇妙，越軌的慾望也非常奇妙，賈璉是不是性慾太強，是不是越軌做非分之事的慾望太強，不得而知。在整部《紅樓夢》小說裡，賈璉總是在王熙鳳嚴密的防範中不時越軌偷吃一下，接二連三發生這樣的事，使人不禁懷疑，好像賈璉真正偷吃的快樂也不一定是性慾本身，而是他在滴水不漏的嚴密防範裡，終於可以犯了一點規。他的快樂，是背叛了悍婦妻子嚴密看管的快樂嗎？

我常常用賈璉的模式觀看身邊一些懼內男性的行為，也使我想到中學時，校規嚴格苛刻，東管西管，什麼都不准，最後同學們總是要想盡方法，做一點違反校規的事，好像犯規本身就夠快樂了。

《紅樓夢》第二十一回，賈璉小小犯了一點規，沒被抓到，他樂極了。

二十一回寫賈璉女兒巧姐發熱，請醫生診脈，結果不是病，是出疹子，家裡就忙著供奉痘疹娘娘，準備桑蟲豬尾，同時怕傳染，就要賈璉搬出去分房睡。

賈璉得到一個可以犯規的機會了。作者有趣，輕描淡寫，三兩句話說出賈璉的快樂——「那個賈璉，只離了鳳姐，便要尋事。」

這有點像管教太嚴的孩子，一旦父親不在家，就要造反了。

賈璉一人獨睡了兩個晚上，就熬不住了，他還是懼憚王熙鳳，不敢太放肆，所以他最初的犯規只是試探了一下，「暫將小廝們內有清俊的，選來出火。」

這是解決性慾問題了，性別也不重要，就在身邊書僮、車夫裡尋找長相清秀好看的，用來在晚上發洩性慾。

《紅樓夢》寫情，也寫性慾，只看其中一面，都不容易懂這部小說的真正動人之處。

二十一回上半段才寫過史湘雲給寶玉梳頭，寫情如此之深；下半段就是賈璉的「出火」，全寫性慾如動物本能一般，看來不堪，但也正是作者對「情」、「性」

深刻的瞭解和悲憫吧。

選清俊男孩「出火」，好像沒有出事，賈璉膽子就更大了，越軌的行為也更囂張起來。

作者筆鋒一轉，寫起賈府一個「極不成器破爛酒頭廚子」，十個字，活生生一個極形象化的、每天喝得昏昏醉醉的男人就在眼前了。「破爛酒頭」文字沒有什麼邏輯，但真傳神。

這個廚子本名「多官」，因為沒出息，昏醉糊塗，就被人取了一個綽號叫「多渾蟲」。

《紅樓夢》考證家當然對多渾蟲這樣的角色沒興趣，文學評論也很少重視他。這麼難看卑微無能的小人物，不成器，好像一個捏壞了的陶甕，丟在牆角，沒人理會。

可是這小人物有一個老婆，「生得有幾分人才」，二十幾歲，「生性輕浮，最喜拈花惹草」，多渾蟲又每天喝得爛醉，什麼事都不管，所以賈府上上下下的人，都能跟這破爛酒頭廚子的老婆有一手。

世俗喜好說「大眾情人」，這因為不成器的多渾蟲襯托出來的老婆，卻頗有「大眾」的緣分，但好像她也不是「情人」，任何人都可以跟她有一腿，也許稱「性人」

恰當一點，但不好聽，還是《紅樓夢》眾人給她取的名號合適——「多姑娘」。

賈璉對這人人可以上手的「多姑娘」也覬覦已久，只是害怕王熙鳳，始終不敢有動靜。

這多姑娘有趣，她聽說賈璉搬到外書房睡，沒有王熙鳳管著，就三天兩頭走來，在賈璉不遠處晃晃蕩蕩，「惹得賈璉似飢鼠一般」。

賈璉看女兒出疹子還有幾天，就要小廝們去設計安排好了，趁多渾蟲喝醉昏睡，賈璉就半夜溜進廚子房內。

《紅樓夢》的作者太懂性慾了，因此賈璉一進屋，「也不用情談款敘，便寬衣動作起來」，這很像今天美國的超級A片了。

作者寫情如此之深，寫性慾也一點不含糊，下面一段是文學家不太引用的，卻是《紅樓夢》的好文字：「這媳婦有天生的奇趣，一經男子挨身，便覺遍身筋骨癱軟，使男子如臥綿上。」這是儒家教養文化不容易鼓勵的事，連夫妻間也只是「敦倫」，完成倫理生男育女，不可以「如臥綿上」。

賈璉在悍妻嚴厲管教下，得到了人生最享樂的解放，「淫態浪言，壓倒娼妓……那賈璉恨不得連身子化在她身上。」

男子或許是需要娼妓的吧，主流的文化避之唯恐不及，或者可偷偷做，卻不可說，好的文學卻一一寫到，只為見證真實的人性。

多姑娘在賈璉下面，淫言浪語，「賈璉一面大動，一面喘吁吁……」，「大動」二字用得簡潔準確，「那媳婦越浪，賈璉越醜態畢露。」

巧姐出疹子，養了十二天，這十二天是賈璉最難忘的假日吧。十二天後搬鋪蓋回家，王熙鳳就下令翻看被窩裡留下什麼沒有。幸好枕套裡一綹女人頭髮被機警好心的丫頭平兒藏起，遮掩過關，但是賈璉已經嚇得「臉都黃了」。

賈璉很典型，現實生活裡這樣隨時準備「出火」的男人其實不少。

二十四

賈芸、卜世仁、倪二

賈芸原來是要找賈璉的，想拜託賈璉替他求王熙鳳，謀一點差事。
沒想到誤打誤撞，讓寶玉看上，賈芸乖巧伶俐，當然知道這是千載難逢的機會，
就立刻奉承巴結，藉著機會就要認寶玉做「父親」。
《紅樓夢》作者寫人世辛酸，沒有尖刻諷刺，只是輕描淡寫勾勒了賈芸的心機。

賈芸是賈府遠房的子姪，家裡景況不好，十八、九歲，渴望出人頭地，做一番事業，但是沒有背景靠山，連謀個差事都不容易。《紅樓夢》第二十四回就極力寫這個用盡心機攀援賈寶玉、巴結王熙鳳，努力求出頭天的待業青年。

賈芸在第二十四回的出場很突然，寶玉跟賈母請安回來，遇見賈璉，堂兄弟兩人正在說話，忽然就轉出一人，向寶玉行禮，說：「請寶叔安！」

賈芸是草字頭一輩，雖然比寶玉大五、六歲，輩分上卻要叫寶玉「叔叔」。但是寶玉不認識這個人，他看了看，長臉蛋，高挑身材，看來是一個斯文清秀的青年。有點面熟，但是想不起來是哪一房的親戚？

賈璉在旁邊提醒：「他是廊下住的五嫂子的兒子芸兒。」

寶玉想起來了，這個年齡的男孩正在成長，一下就長成大人。寶玉好像有點訝異賈芸長這麼大了，個子長高，大概也有少年英氣。寶玉對青春本有眷戀，就對賈芸說：「你倒比先越發出挑了，倒像我的兒子。」

這句話聽起來荒謬，賈璉在一旁嘲笑：「人家比你大五六歲呢，就給你做兒子了？」

寶玉在人世間有他自己的族譜，從儒家角度來看簡直是「亂倫」，但是寶玉看到相貌美的青春同輩，男女不拘，好像都要認一認族譜上的血緣。

賈芸原來是要找賈璉的，想拜託賈璉替他求王熙鳳，謀一點差事，可以養家糊口。沒想到誤打誤撞，讓寶玉看上，賈芸乖巧伶俐，當然知道這是千載難逢的機會，就立刻奉承巴結，說了一句「山高遮不住太陽」，打蛇上棍，藉著機會就要認寶玉做「父親」。

寶玉生於富貴，天真爛漫，他當然不會知道一個待業青年多麼想藉他的背景關係，從此發達起來。

《紅樓夢》作者寫人世辛酸，沒有尖刻諷刺，只是輕描淡寫勾勒了賈芸的心機。這一次認寶玉做父親的奇遇，不知給賈芸多少快樂幻想。沒有想到這個「父親」雖然交代賈芸隨時去找他，但是寶玉這個富貴公子，從來沒有窮困過，大概也難體會窮困人迫在眉睫的艱難吧，沒多久，寶玉就把這檔子事丟在腦後了。

賈芸還是找賈璉，打聽有沒有可以做的差事。賈璉告訴賈芸，原來有一差事要給他，沒想到被王熙鳳給了賈芹。賈璉就安慰賈芸，花園還有幾處要種樹栽花的事，等這項工程來了，一定交給賈芸。

賈芸聰明，一聽就知道賈府關說找工作的人這麼多，而在人事安排上大概求賈璉遠不如求王熙鳳更有用。

這個失業青年學乖了，知道賈璉無用，還是走王熙鳳這條線快捷。

但是，他如何靠近王熙鳳呢？

賈芸父親死了，靠他養母親，母親姓卜，有一個親兄弟叫「卜世仁」。

《紅樓夢》作者很愛用諧音漢字影射雙關，但都很隱諱，不容易搞清楚它真正的暗示，因此引發一大堆考證癖好的人捕風捉影起來。書中用諧音用得直接而毫不猶疑的，就是這一位「卜世仁」。「卜世仁」當然就諧音為「不是人」。

賈芸這舅舅做了什麼？如此讓作者厭恨，如此漫畫式地嘲諷為「不是人」？

「卜世仁」開香料鋪，賈芸想到一個法子，帶幾兩上好的冰片、麝香做關說禮物，這樣或許可以透過王熙鳳謀到差事。賈芸沒有錢，買不起貴重香料，他想跟親舅舅賒欠幾兩，等差事有了，拿到錢就可以償還。

沒想到這親舅舅一口就回絕了，說他這小鋪子立了合同，不許親友賒欠，還趁機罵了賈芸一頓，說他遊手好閒，也不幹正經事云云。

賈芸氣不過，就翻了舊帳，說父親死時，他還年幼，母親說舅舅料理喪事，最後就侵吞了一畝地、兩間房子的財產，害得孤兒寡母連個容身的地方都沒有。

這個「卜世仁」的底細被說了出來，作者加在他身上的壞名號也有了依據。卜世仁顧左右而言他，還是指責賈芸不懂得努力，才會落得一事無成。賈芸賒欠不到香料，又要受此嘮叨，年輕氣盛，拔腳就要走。這舅舅卻不好意思了，假裝要賈芸留下來用了飯才走，那舅母（不是人的老婆）就叫起來，不是告訴你家裡沒有米了嗎？留外甥挨餓不成？

這是《紅樓夢》辛酸的畫面，走投無路的賈芸，在親舅舅親舅媽家裡受侮辱，或許也是落難之後《紅樓夢》作者親身遭遇過的記憶吧。

他因此還如此激憤，給這種人取名叫「不是人」。

賈芸到人生絕望之處，低著頭，在街上亂逛，一下就撞到一個醉漢，那人粗魯，一把揪住賈芸罵道：「你瞎了眼，碰起我來了！」

聽這口氣，顯然是地方角頭一類人物。第一次看《紅樓夢》，想這賈芸真倒楣，人間不好的事他全遇上了。

這醉漢叫倪二，一個無賴潑皮，放高利貸，賭場混混，專好喝酒打架。倪二喝得昏昏大醉，正要動手打人，賈芸認出是鄰居，趕緊說：老二住手，是我。

倪二認出是賈芸，就和氣起來，問賈芸去哪裡。賈芸一肚子苦水沒處訴，正好抓住倪二說了一大通。

倪二一面大罵「卜世仁」，一面十足江湖義氣，掏出十五兩三錢銀子給賈芸，要他先拿去用，也不要利息。

賈芸還要寫借據，倪二大笑：「你若要寫文約，我就不借了。」

賈芸時來運轉，就靠了這些銀子買了香料，見到王熙鳳，謀到一個種花的工作。

賈芸在銀庫領到二百兩銀子，還了倪二的錢，又拿五十兩去花匠處買花樹，這個失業復職的青年至少可以安心過一段母子都能溫飽的生活了。

二十五

馬道婆

我小時候對馬道婆的佩服不是她斂財的伎倆，
而是她真有巫蠱法術，可以讓五鬼為她服務，這才太神奇了。
人世間到處充斥著趙姨娘一類的小奸小壞，總要踩別人兩下才開心，
心裡有忌妒、有恨，馬道婆就有賺錢的機會。

馬道婆是賈寶玉的乾媽，過去大戶人家的孩子，因為嬌貴，常常養不大，七災八難的，因此都流行找和尚道姑等出家人做乾爹乾媽，增加保佑庇護的意思吧。

《紅樓夢》第二十五回，馬道婆到賈府拜訪，剛好前一天賈環因忌恨寶玉，把一盞燒得油汪汪的蠟燭故意推倒，寶玉臉上被熱蠟油燙傷，敷了藥。

賈環忌恨寶玉不是一日兩日了，兩兄弟，一個漂亮，一個醜陋，一個聰明，一個愚蠢，一個人見人愛，一個人人嫌厭。賈環的卑微畏縮都窩在心裡，日子久了，變成了恨。不是恨自己不成材，是恨寶玉太風光亮眼了，擋在前面，因此一有機會就要施毒手。

寶玉燙傷了，母親王夫人當然心疼，大罵賈環，連帶把賈環的親生母親趙姨娘也拖出來一起罵一頓。

王夫人當然也有心結，自己的丈夫賈政看上一個婢女，生了女兒探春，又生了兒子賈環。趙姨娘婢女出身，本來就讓人輕賤，大家都瞧不起她。加上她自己本身也沒有分寸、沒有教養的，總是惹事生非，又生了一個上不了台盤的窩囊兒子賈環，母子兩個就成為賈府陰暗角落裡霉爛的生命，發著餿酸惡臭，人人掩鼻而過。然而，在第二十五回裡，這兩個卑微霉臭的人物就要用惡毒的方式反撲了。

馬道婆看到寶玉臉上燙傷，吃了一驚，問賈母怎麼回事。寶玉善良，怕弟弟賈環挨罵，只說自己不小心燙到了。

馬道婆即刻就用手指在寶玉臉上畫了畫，口中喃喃唸咒，施了法術，跟眾人說：「包管好了。」

小時候看到這裡特別有趣，因為教科書裡很少有馬道婆這樣弄神弄鬼的人，充滿戲劇性。

馬道婆接著就跟賈母說，凡是王公卿相人家的孩子，一生下來就有很多促狹鬼跟著，沒事就要擰一下，掐一下，推他摔一跤，所以多有長不大。賈母聽了害怕，心疼金孫寶玉受害，當然就急著問：那有什麼辦法可解？

馬道婆說：這容易，西方有大光明菩薩，專去陰暗邪祟，虔心供奉就可以除災。

賈母繼續問：要如何供奉？這時馬道婆就開出了解除災難的價碼。

她開價碼的方式非常有技巧，她舉了幾個例子，給賈母參考：南安郡王府裡的太妃心願大，一天是四十八斤香油，一斤燈草；錦鄉侯的誥命次一等，一天二十斤油。馬道婆看賈母沒有回應，她就另外舉一些例子，有些家是十斤、八斤、五斤、三斤的，都有。

把富貴人家祈求救贖的供奉條件開得這麼寬容，馬道婆的斂財技術是十分精明成熟的了，她的最終目的是大小通吃吧。

賈母正在思索，馬道婆察言觀色，很快就退一步講：如果為父母長輩，多一點無妨；如果是為孫子，多了不好，怕他受不起，反折了福氣，多則七斤，少則五斤。

這是已經為正在猶疑的賈母做了決定了。果然賈母就說：那就一天五斤吧。一個月大約一百五十斤的油錢，從此就固定落入馬道婆的口袋中了。

出入於富貴人家的僧道術士巫婆，其實大多要有這種本事，除災祈福本來沒有價碼，要硬訂出一個價碼，還要對方出得心甘情願，像馬道婆這樣，就是高手。

但是我小時候對馬道婆的佩服不是她斂財的伎倆，而是她真有巫蠱法術，可以讓五鬼為她服務，這才太神奇了。當時學校讀書如此無趣，我一心想如何才能跟馬道婆這樣的人學學巫術才好。

馬道婆的巫蠱法術，在第二十五回立刻就有了印證的機會。

馬道婆從賈母處弄到一大筆香油錢後，她就各房去問安逛逛，看看還有什麼賺錢的機會。

到了趙姨娘房裡，趙姨娘正在做鞋，看到炕上堆著零星綢緞，馬道婆就要佔點小便宜，問說有沒有零碎綢子給她做鞋面用。趙姨娘嘆口氣，抱怨說：「有好東西也到不了我這裡。」趙姨娘是丫頭出身的妾，被人踩在腳下，一肚子苦水，一肚子恨，恨自己兒子賈環不如寶玉那麼受寵，恨管家的王熙鳳對她刻薄。

她一抱怨訴苦，馬道婆又有了賺錢的機會。

馬道婆冷冷地說：「你們沒本事，也難怪。明裡不敢怎樣，暗裡也算計了，還等到如今！」

馬道婆一點撥，趙姨娘本來就笨，一下子就上了鉤，喜出望外地問：「怎麼暗裡算計？你教給我這個法子，我大大的謝你。」

趙姨娘這個可憐人，搜出一些首飾，又寫了一張五十兩銀子的欠約，買通馬道婆作法施符咒，毒害寶玉和王熙鳳。

馬道婆用紙剪了兩個紙人，問了王熙鳳、賈寶玉的生辰八字，寫在上面，又用一張藍紙剪五個青面小鬼，用針釘在一起，交給趙姨娘，然後說：「回去我再作法，自有效驗。」

趙姨娘十分高興，覺得若害死了這兩人，將來家產就是她跟賈環的了。

馬道婆果然在家遙控，用法術驅遣五鬼。不多久應驗了，寶玉頭痛欲裂，拿刀弄杖尋死覓活。王熙鳳手持鋼刀砍進園來，見雞殺雞，見狗殺狗。

這一段寫得賈府全家上下鬼哭神嚎，一點不輸《哈利波特》，也讓我對馬道婆這一類邪道巫婆充滿了敬畏。

馬道婆的巫術後來被小說一開始的跛足道士、癩頭和尚破了，救了兩條生命。還是因為寶玉出生時啣在口中的一塊玉，和尚說得好：「青埂峰下，別來十三載矣。」寶玉十三歲了，經歷塵劫，原來自胎中帶來的靈性光明也污濁了。自性光明恢復，也就破了馬道婆的邪崇巫蠱之術。

但是，人世間當然還是到處充斥著趙姨娘一類的小奸小壞，看人好不順眼，總要踩別人兩下才開心。心裡有忌妒、有恨，馬道婆就有賺錢的機會。

二十六

蔣玉菡

蔣玉菡透露了這一條汗巾子繫著三個青少年的關係，北靜王是愛慕寶玉的，
如今蔣玉菡也和北靜王有如此親密的關係，汗巾子又從蔣玉菡身上轉到寶玉身上。
《紅樓夢》或許在說一個世俗不知道的族譜，
這族譜不是血緣親疏，而是對生命另一種牽掛緣分吧。

《紅樓夢》第二十六回，薛蟠這個富貴公子要過生日，他弄了些新鮮東西，邀了寶玉、馮紫英，找了幾個好友一起吃喝玩樂。

薛蟠不學無術，粗魯呆笨到不行，但是作者寫他寫得極好。這個十七、八歲的富家公子，心地其實不壞，他生日在五月三日，端午節前兩天。為了過生日，邀朋友吃飯喝酒，他特別找人弄了一些新奇果品、山珍海味。薛蟠語言太貧乏，說不出食物好處，《紅樓夢》作者是大文學家，下面這一段模仿薛蟠講話的語言令人絕倒——「這麼粗這麼長粉脆的鮮藕，這麼大的西瓜，這麼長這麼大的暹邏國進貢的靈柏香熏的暹邏豬、魚。」

沒有讀書，薛蟠的文字語言就侷限在「這麼粗、這麼長、這麼大」幾個形容詞上。但是作者寫得好，可以感覺到一個粗人，找不到詞彙，卻熱切想表達的用心，如果想像一下他誇張的動作，就更活潑有趣了。

馮紫英是神武將軍的兒子，來參加生日宴時臉上有青傷，掛了彩，薛蟠就問：又是跟誰揮拳了？這些不到二十歲的豪門青少年，跟今天許多富二代、官二代一樣，不務正業，除了鬥雞走狗，吃喝玩樂，也三天兩頭打架鬧事。

馮紫英回答說，他前次把仇都尉兒子打傷了，已經改正，不再揮拳了。臉上的青傷是在鐵網山打獵時，被凶猛老鷹搧了一翅膀。

馮紫英這天有事，喝了兩杯就告辭，覺得對不起大家，就又約了改日還席。

第二十八回就寫馮紫英還席的事。寶玉到了馮紫英家，除了薛蟠，馮紫英還邀了幾個唱曲的小厮，還有錦香院的妓女雲兒，很像今天安排了那卡西歌手，除了吃飯喝酒，也歌唱娛樂助興。

薛蟠喝了三杯，就拉妓女雲兒的手要她唱歌，雲兒唱的歌跟今天的流行歌像極了：「兩個冤家，都難丟下，想著你來又惦記著他……」

寶玉覺得這樣亂喝胡鬧沒有意思，就建議行令，用「女兒」做主題，唱出「悲愁喜樂」四種情境。這一天寶玉唱的，就是今天音樂教科書裡還用的〈紅豆詞〉：「滴不盡相思血淚拋紅豆，開不完春柳春花滿畫樓，睡不穩紗窗風雨黃昏後，忘不了新愁與舊愁……」

寶玉文雅多情，薛蟠受不了，覺得乏味。輪到該他了，薛蟠就冒出他天經地義的語言：「女兒樂，一根雞巴往裡戳……」

生命的憂愁悲憫，與生命的鄙俗粗魯，《紅樓夢》如此並列，彷彿連褒貶都沒有。

這一天在座錦香院的妓女雲兒，還有戲班裡反串唱女角的少年蔣玉菡，都是以色事人的行業。妓女大家瞭解比較多，對於蔣玉菡的角色可能需要解釋一下。

蔣玉菡年輕、貌美，學了戲，唱女性角色，自然帶點嫵媚。寶玉已經對他有情，兩個人藉故離席，寶玉先出來解手上洗手間，蔣玉菡隨著也出來，兩個人就在廁所廊下攀談起來。寶玉抓著蔣玉菡的手，要他閒時就到家裡玩。寶玉又問蔣玉菡：「你們貴班中，有一個叫『琪官』的，如今名馳天下，可惜我獨無緣一見。」

蔣玉菡笑著說：「就是我的小名兒。」

寶玉高興極了，原來以為滿無趣的一個宴會，遇見了自己心儀已久的人物，真是開心極了。他即刻就從扇柄上解下玉墜子，當做見面禮，還說不成敬意，只是做有緣見面的紀念。

蔣玉菡收了禮物，不知如何是好，就撩起衣服，把一條繫內衣的大紅色汗巾子解了下來，做為還贈寶玉的禮物。

蔣玉菡說：「聊可表我一點親熱之意。」

「汗巾子」是貼身的私密東西，帶著體溫。初次見面，蔣玉菡就解下內衣的繫帶相贈，今日讀者或許不容易瞭解。

小名「琪官」的蔣玉菡，看來是戲班演員，事實上在那個年代，反串唱女角的少年男子，都有點像今日的第三性公關，有錢有勢的富貴人家可以包養，他們也必須逢場作戲，周旋於王公貴族富商之間，以求生活的保障。

蔣玉菡送給寶玉汗巾子，特別強調這是茜香國女王的貢品，是前一天北靜王才轉送給他的，他剛繫在身上，如果是別人斷不肯相贈。

蔣玉菡透露了這一條汗巾子繫著三個青少年的關係，北靜王是愛慕寶玉的，第十三回他們就見過面，北靜王從手上脱下蕶苓香手串給寶玉，也叮囑寶玉空閒時去找他。如今蔣玉菡也和北靜王有如此親密的關係，汗巾子又從蔣玉菡身上轉到寶玉身上。

《紅樓夢》或許在説一個世俗不知道的族譜，這族譜不是血緣親疏，而是對生命另一種牽掛緣分吧。

蔣玉菡解了繫內衣的帶子，沒東西繫內衣，就囑咐寶玉把身上的汗巾子解下來給他，寶玉就解下自己的松花綠汗巾子遞給蔣玉菡。

作者千里伏線，讓這條原來是襲人的汗巾子繫在蔣玉菡身上，一直要到小説結尾，襲人與蔣玉菡新婚晚上，發現這條汗巾子，才明白緣分如此注定。

沒想到，蔣玉菡送的大紅汗巾子，在第三十三回為寶玉帶來大災難。原來蔣玉菡也是忠順老親王包養的男寵，老親王不一定能做什麼，但是養一個會唱戲的俊美男子在身邊大概也開心。蔣玉菡跟寶玉私下來往親密，惹惱了老親王，派了王府長官到賈府跟賈政要人，當著寶玉的面指認那條大紅汗巾子，明明是蔣玉菡的貼身之物，如何到了寶玉身上。

賈政是當官當得戰戰兢兢的人，生怕得罪了比他有權勢的親王，因此要把寶玉往死裡狠打。

蔣玉菡被權貴包養禁錮，他的愛情也是身不由己的。

二十七

金釧

寶玉看看母親，確定母親睡熟了，就從荷包裡掏出「香雪潤津丹」，
悄悄放在金釧口邊。金釧閉著眼睛，用嘴噙了。
「噙」這一字用得好極了，青春年華的少男少女，
如此愛戀他們的生命，沒有世俗骯髒。

《紅樓夢》裡金釧的故事是特別讓我覺得心痛的。

金釧是寶玉母親王夫人的貼身丫頭，最後也死在王夫人手中。

《紅樓夢》裡丫頭多到數不清，這些丫頭多是家裡貧窮，賣出來做豪門的奴僕。大概九歲左右賣出來，經過訓練，分到各房去服侍主人。寶玉房裡就有許多丫頭，最得力的是襲人。襲人原來是賈母的丫頭，祖母心疼孫子，怕照顧不好，就把自己身邊最細心謹慎盡責的一個分到寶玉房中照顧。

寶玉房裡知名的丫頭還有晴雯、綺霞、麝月、碧痕、秋紋、檀雲。小丫頭還有佳蕙、小紅、墜兒、芳官。丫頭各有專職，有的在身邊倒茶倒水，伺候穿衣盥沐梳洗，鋪床疊被，這就是貼身丫頭，與主人有親近機會。有的丫頭不在屋裡服務，分在廊下澆花餵鳥，做掃地燒柴等粗活，就可能連主人也不常見到。

《紅樓夢》第二十四回，寶玉想喝茶，恰好身邊貼身丫頭都不在。寶玉叫了幾聲，來了幾個院子裡做粗活的老婆子，寶玉忙搖手說：「罷！罷！不用了。」正準備自己去倒，後面一個聲音說：「二爺看燙了手，等我倒吧。」這就是小紅，在二十四回裡用盡心機、強求出頭的一個有野心的丫頭。

小紅通常只在屋子外面提水劈柴，所以寶玉不認識她。乍一見面，寶玉問她是哪個院裡的丫頭，又問：「既是這屋裡的，我怎麼不認得？」小紅冷笑回答：「爺不認得的也多呢，豈只我一個。」

豪門奴僕多到主人自己都不認識，像皇帝後宮三千，沒幾個有緣見皇帝一面，有野心的只好強求出頭。

過一會兒，秋紋、碧痕兩個大丫頭提了水回來，看到小紅在屋裡給寶玉倒茶，很不是滋味。她們即刻發現，原來小紅把她們支使開去提水，是存心要找機會單獨靠近寶玉，秋紋就劈頭罵了一句：「沒臉面的下流東西！」

這些丫頭此時大約是十五歲上下，有的是簽了賣身契的，雖然還是青春少女，她們卻都是沒有未來的人。《紅樓夢》作者寫這些丫頭充滿悲憫，深情之處不會比寫寶釵、黛玉、探春這些小姐要少。大觀園是一個青春王國，裡面住著都是十幾歲的少女，加上寶玉一個十三歲的少年。公子、小姐是青春，丫頭們也正是青春，像一群國中年齡的青少年，韶華正盛。作者心疼她們，像在春天綻放的花朵，沒有主僕之分，沒有世俗貴賤，一樣歲月如金，然而她們的青春都是沒有未來的。

黛玉也沒有未來，自從九歲母親死亡，走進賈府，依靠外祖母，接下來父親死亡。除非出嫁，她大概就註定了不會活著出賈府。她在春天收集園中落花，用絹袋包裹，埋葬在花園一個角落，稱為「花塚」。

林黛玉的「葬花」是《紅樓夢》動人的片段，她的「葬花」是埋葬自己，其實也是為大觀園裡所有的青春生命立了墳塚。

「花塚」的象徵意義，「花塚」的隱喻，都在哀悼這些在十幾歲青春年華中美麗而自負的生命。大觀園像她們的校園，保護她們遠離世俗。她們擁有一個花季，花季過了，各自飄零離散。黛玉說：落花隨水流去，出了花園，難保外面的水是乾淨的，不如埋在土中，日久隨土化了，豈不乾淨？

大觀園是青春王國，是潔淨孤傲自負的青春生命，拒絕妥協，一一走向不同形式的死亡。

她們的死亡是不是向骯髒世俗最沉痛犀利的控訴？

我想起了金釧的死亡——

《紅樓夢》第三十回，一個炎熱的夏日午後，王夫人在睡午覺，寶玉這個頑皮小孩躡手躡腳偷偷溜進母親房中。幾個丫頭手裡拿著針線，天氣太熱，都在打盹兒。王夫人躺在涼床上，旁邊有金釧在給王夫人搥腿，也昏昏欲睡，眼睛睜不開，身子搖晃。

寶玉覺得好玩，輕手輕腳走到面前，碰一碰金釧耳朵上的耳墜子，輕聲說：「就這麼睏？」金釧抿嘴一笑，擺手要寶玉走開。

寶玉看看母親，確定母親睡熟了，就從荷包裡掏出「香雪潤津丹」，悄悄放在金釧口邊。金釧閉著眼睛，用嘴噙了。「噙」這一字用得好極了，青春年華的少男少女，如此愛戀他們的生命，沒有世俗骯髒。

寶玉喜歡金釧，像喜歡所有開在春天的花，他希望這些花都能在一起，永遠在青春王國裡，沒有世俗干擾。

寶玉悄悄跟金釧說：「我和太太討了你，咱們在一處吧。」

寶玉嘮叨，金釧要打發他走，說了一句：「金簪子掉在井裡頭，有你的只是有你的。」

金釧說的話成為一生的讖語，王夫人沒有睡著，她假寐聽著兒子與金釧對話，此時就一翻身，打了金釧一巴掌，罵道：「下作小娼婦，好好的爺們，都叫你們教壞了！」

母親不會覺得自己兒子不好，不好都是旁邊的人帶壞了。王夫人也有對「丫頭」潛意識的恨，她自己丈夫賈政就搞上了丫頭，變成趙姨娘、周姨娘兩個妾。

王夫人一發怒，寶玉溜走了，剩下可憐的金釧，王夫人立刻下令要金釧的母親進來，把金釧帶走。

金釧跪在地上，哀苦乞求，要打要罵都好，不要趕出去。金釧說：「這會子攆出去，我還見人不見人呢！」

今日青年讀者不容易知道金釧這句話的痛苦，一個沒有法律的社會，世俗可以用一切八卦謠言殺死一個人。金釧知道一旦被趕出賈府，將要面臨人言可畏的殘酷世界。

金釧還是被趕出去了，不多久就跳井自殺，應了她「金簪子（釧）掉在井裡頭」的讖語。

第三十二回金釧死亡的消息傳來，唸佛的王夫人也不安，賞了金釧母親五十兩銀子。

寶玉遭父親毒打，外傳的消息是寶玉「姦淫母婢」，天真無邪的青春王國受了世俗污染。早在五四運動前，《紅樓夢》已經控訴了儒家的「禮教殺人」。

二十八

賈薔與齡官

寶玉看女孩長得極美，「眉蹙春山，眼顰秋水」，很有黛玉的風姿。
然後他也發現這女孩不是在摳土，是用簪子在地上劃字。
齡官在地上寫著無數個「薔」，第一次透露了戲班少女幽微的心事，
連天上落雨，一身濕透也渾然不覺。

《紅樓夢》裡有十二個唱戲的少女，都用「官」命名，齡官是其中一個。

賈府為何要在家裡養著十二個唱戲的女孩？一般賈府裡有節日慶典，都要看戲，平時就挑民間的戲班子來家裡演出。但是元妃回家省親，也要看戲。賈元春嫁到皇室做了貴妃，身分貴重，不可能隨便讓閒雜的戲班子進賈府演戲。因此在第十六回裡，為了迎接元妃回家，除了大動工程，修建省親別墅，還立刻著手成立戲班。

戲班的事由賈府一個年輕人賈薔負責，他奉命到南方姑蘇聘請教戲的老師，又採買十二個學戲的少女，成為賈府專用的演員。十二個女孩，小的九歲，大的十一歲左右，每個人專攻不同的角色。有的扮演年輕女性，像唱正旦的芳官，唱小旦的蕊官；有的扮演老年女性，像唱老旦的茄官；也有的反串男角，像唱小生的藕官，還有唱大花臉的葵官，唱小花臉的荳官等等。

十六回裡細述了賈薔下姑蘇，請聘教席，採買女孩子，置辦樂器行頭，從聘請老師，到找演員，到文武場的樂器、舞台大幕道具，賈薔這個十六歲的少年包辦了今日一個劇團的製作人兼經理的身分了。

這樣大費周章地辦了一個劇團，只是為了賈元春回家省親的一個傍晚的演出，那一天貴妃只點了四齣戲——「豪宴」、「乞巧」、「仙緣」、「離魂」，大概就是我們今天一個晚上的表演。

演完之後，貴妃特別命太監托了一盤糕點賜給齡官，表示讚賞她的演出。也要齡官再唱兩齣，而且不限制哪兩齣，隨齡官自己選。這當然是皇妃對齡官莫大的榮寵。賈薔要齡官唱著名的「遊園」、「驚夢」，或許是要以名劇討好貴妃吧。然而十歲左右的齡官卻執意不肯，她認為那兩齣戲不是她的本角之戲，堅持唱自己拿手的「相約」、「相罵」。貴妃聽完後大為讚賞，又賜齡官兩匹宮綢、兩個荷包，還有金銀錁子。

看得出來，齡官極有個性。戲班子的女孩多是貧寒家庭賣出來的窮孩子，在戲班學戲，捱打捱罵，受人輕賤，齡官卻孤傲自負，不與世俗妥協。

《紅樓夢》作者厭煩讀了書卻瑣碎的知識分子，他寫到賈薔去姑蘇採買女孩，跟去了兩個賈府的「清客相公」——「單聘仁」、「卜固修」。「清客相公」就是讀了一點書，沒事幹，依靠豪門混飯吃的無賴。作者用了「單騙人」、「不顧羞」的諧音，對沒用的讀書人極盡嘲諷，卻對世俗人輕賤糟蹋的戲子齡官給予衷心的讚賞。

齡官後來暗戀上了劇團經理賈薔。賈薔是賈府出名的俊美少年，他跟堂兄弟賈蓉十分要好，兩人同住，同進同出，謠言很多。賈府人多，愛談別人是非的小人也多，最後賈蓉的父親賈珍還是讓賈薔搬出去另住，以免遭人口舌。

《紅樓夢》寫齡官對賈薔的暗戀寫得極美。第三十回，賈寶玉在花園一片夏日蟬聲的薔薇花下聽到有人哽咽哭泣，他原以為哪個丫頭受了委屈在這裡哭，卻看到薔薇盛放的花葉下蹲著一個女孩。寶玉認不出是齡官，大約在舞台上都畫了妝，一旦素面相見，不容易辨認。

寶玉在花蔭下偷看，女孩子一面哭，一面用簪子在地下摳土。寶玉不解，還以為這女孩學黛玉葬花。

寶玉慢慢看，發現這女孩不是丫頭，認出是唱戲的十二個女孩中的一個，但不知道生旦淨末丑，她演哪一個。

寶玉看女孩長得極美，「眉蹙春山，眼顰秋水」，很有黛玉的風姿。然後他也發現這女孩不是在摳土，是用簪子在地上劃字。

寶玉好奇，就跟著簪子筆劃起落一點一畫一勾，看這女孩寫什麼字。寶玉後來認了出來，女孩在地上重複寫的只是同樣一個「薔」字，大大小小重重疊疊的「薔」。因為在薔薇架下，薔薇花盛開，寶玉以為這女孩是要做詩，寫了一個又一個「薔」，卻寫不成句子。

齡官在地上寫著無數個「薔」，第一次透露了戲班少女幽微的心事，連天上落雨，一身濕透也渾然不覺。寶玉心疼，叫道：「不用寫了，你看身上都濕了。」齡官被驚醒，才一溜煙跑了。

到了第三十六回，寶玉才知道齡官在地上畫「薔」的真正心事。

這一天寶玉想起《牡丹亭》的曲子，他聽說梨香院十二個女孩中齡官唱得最好，就閒逛找來。進了梨香院，發現齡官就是那一日地上劃「薔」的女孩，然而齡官躺在床榻上，不理睬寶玉。寶玉央求齡官唱一曲「裊晴絲吹來閒庭院，搖漾春如線」，齡官卻說：「嗓子啞了。」讓寶玉碰一鼻子灰。

這時候，寶官笑著說：「只略等一等，薔二爺來了，叫她唱，是必唱的。」

一會兒賈薔來了，手裡提著一個鳥籠，鳥籠裡養著玉頂雀兒，這雀兒經過訓練，會在籠子裡的小戲台上啣旗串戲。

賈薔很得意，覺得買了一個好玩的東西逗齡官開心。所有唱戲的女孩子都圍著看雀兒演戲玩耍，沒想到齡官大怒，齡官說的話是《紅樓夢》中令人心痛的話，是貴族出身的作者最深的懺悔自責吧——「你們家把好好的人弄了來，關在這牢坑裡，學這勞什子還不算，你這會子又弄個雀兒來，也幹這個浪事。你分明弄了來打趣形容我們。」

賈薔急著賭誓說沒有這惡意，趕緊把雀兒放了生，說要給多病的齡官除災祈福。

《紅樓夢》的青少年世界有生命相依靠、相愛戀的真情，寶玉看呆了，知道為什麼齡官一次又一次在地上寫「薔」這個字。他們在混濁骯髒的世俗沒有未來，然而他們年輕過，有過一生值得回憶的青春華美。

寶玉被眾人寵愛，他常想將來有眾人的眼淚葬他，然而這一次因為賈薔、齡官，他說：不過各人得各人的眼淚罷了。

二十九

晴雯撕扇

為什麼《紅樓夢》作者要讓晴雯撕扇子？一聲一聲撕裂的聲音，
像一種吶喊，彷彿要撕破中國上千年歷史的詛咒，彷彿刻意要再一次回想褒姒的笑傲，
在摔碎的瓷器前，在撕破的絲綢前，在燃起熊熊大火的夜晚，
大聲狂笑，嘲笑世俗的戰戰兢兢，嘲笑上千年的偽善。

晴雯是《紅樓夢》裡寫得極出色的一個角色。

晴雯是賈寶玉的貼身丫頭，地位僅次於襲人。襲人柔順，能夠化大事為小事，處處忍讓包容。晴雯剛好相反，個性剛烈，爭強好勝，遇到與人衝突，口舌上總不饒人，直率自負，犀利尖銳，常不給人留情面。

《紅樓夢》越多讀幾次，越覺得作者有一種平等心。基本上，他不介入書中人物的好惡，只是具體呈現一個人的真相，留下許多餘裕的空間，讓讀者自己去評論判斷。

襲人細心體貼，全部精神都放在照顧賈寶玉身上。寶玉吃什麼，穿什麼，天氣冷了熱了，該添衣服、減衣服，都是襲人的事。通常晴雯總是在一旁，冷眼看著，或者不時說一兩句風涼話。因此初讀《紅樓夢》，容易對這個口舌厲害、卻似乎不熱心做事的丫頭有一點偏見。

晴雯在小說一開始的判詞是「心比天高，身為下賤」。做為丫頭，出身低微，當然「身為下賤」，但是她養著長長的指甲，整天沒事就慢條斯理用鳳仙花的汁液把蔥管一樣的長指甲染紅。一個丫頭諸事不管，整天調理自己的指甲，換作今天，一個菲傭整天在客廳蹺腳塗指甲油，這樣的畫面，大概許多人也還是不容易接受吧。

晴雯這個心高氣傲的丫頭的真實個性，《紅樓夢》寫到第三十一回，才開始明顯重要起來。

三十一回寫晴雯撕扇，充分表現了晴雯的率性與自負自傲，表現了晴雯「心比天高」的性格本質。

端陽節這天，寶玉的母親王夫人請客過節，因為前一天寶玉與金釧調情，金釧捱了打，被趕出了賈府，這一天寶玉在母親面前當然有點尷尬，其他客人也都不敢造次，飯局匆匆結束，大家就都散了。

寶玉心裡頭悶悶不樂，回到自己房裡，心情不好，正巧碰到晴雯給他換家居的休閒衣服，一不小心把扇子掉在地上，扇骨折斷了，寶玉因此埋怨晴雯，講了兩句難聽的話：「蠢材，蠢材！……明日你自己當家立事，難道也是這麼顧前不顧後的？」

晴雯很少受寶玉這樣重話，當然不舒服，她立刻反擊，冷笑說：「二爺近來氣大的很，行動就給臉子瞧。」

寶玉平日對丫頭特別溫柔和順，甚至低聲下氣，從沒有疾言厲色、粗言粗語，晴雯當然不習慣。她特別指出，以前什麼貴重東西都打破過，玻璃缸、瑪瑙碗，不知弄壞了多少，寶玉也從來不會生氣，今天竟然為了一把扇子骨跌斷，要這樣罵人。

晴雯的剛烈個性顯露了出來，她說了決絕的話：「嫌我們就打發了我們，再挑好的使。」

兩個人鬧彆扭，互不相讓，氣頭上就都講出難聽的話。襲人趕來勸阻說和，也被晴雯遷怒，冷嘲熱諷一陣子。

寶玉這一天似乎動了真怒，覺得晴雯如此胡鬧，不如打發出去，也真作態要去稟告母親，讓晴雯離開賈府。

襲人看事情鬧大了，跪下相求，要寶玉息怒。連其他丫頭——碧痕、秋紋、麝月，也一起跪了下來求情。這些十幾歲的少男少女，都是一起長大的知己玩伴，寶玉當然也捨不得任何一個離開。看眾人跪下相求，寶玉流下淚來，長嘆一口氣，不再堅持了。

當晚寶玉跟薛蟠等人歡宴，喝了酒回來，看到院中涼榻上睡著一個人，以為是襲人，便在床榻邊坐下，慰問襲人。沒想到床榻上的人一翻身，竟是晴雯。晴雯還在跟寶玉賭氣，罵了一句：「何苦來，又招我！」

寶玉已經氣消了，仍然百般溫順體貼，鬧著要跟晴雯一起洗澡。

寶玉晴雯和好了，寶玉就告訴晴雯，一把扇子原是用來搧的，你愛拿來砸，愛拿來撕著玩兒，也可以。寶玉的哲學是，不要生氣的時候拿它出氣。

寶玉下面一段話很有意思：「就如杯盤，原是盛東西的，你喜歡聽那一聲響，就故意砸了也使得，只別在氣頭上拿它出氣。」

這段話似乎完全是為褒姒量身訂做的。幽王寵愛褒姒，要看她笑，褒姒難得一笑。有一次聽到瓷器碎裂的聲音，褒姒笑了，幽王動容，就命令摔碎一個一個瓷器，讓褒姒笑。

褒姒為瓷器破碎的聲音而笑，為絲綢撕裂的聲音而笑，最後在燃起烽火的亡國前夕而笑。這個千古以來一直受詛咒的故事，《紅樓夢》的作者為何把它運用在一個丫頭晴雯身上，也很耐人尋味。

晴雯聽了寶玉的哲學，高興極了，她說：「你就拿了扇子來我撕。」

這是「心比天高」的晴雯，她要驚動世人，她要一種決絕義無反顧的毀滅，寧為玉碎的毀滅。

麝月進來，看見晴雯撕扇子，撕完一把，又撕一把，寶玉在旁邊笑著說：「撕得好，再撕響些！」麝月罵了一句：「少做點孽吧。」

麝月罵的話，大概凡世俗中人，也都一樣會罵。然而，《紅樓夢》的作者在寫三十一回晴雯撕扇的時候，是不是想到了歷史上被貼上禍水標籤的美麗女子？是不是想到了褒姒？是不是要為褒姒的故事翻案？

為什麼《紅樓夢》作者要讓晴雯撕扇子？一聲一聲撕裂的聲音，像一種吶喊，彷彿要撕破中國上千年歷史的詛咒，彷彿刻意要再一次回想褒姒的笑傲，在摔碎的瓷器前，在撕破的絲綢前，在燃起熊熊大火的夜晚，大聲狂笑，嘲笑世俗的戰戰兢兢，嘲笑上千年的偽善。寶玉是幽王，他在一旁讚歎，讓晴雯撕掉一張又一張歷史偽善者的面具。

晴雯撕扇，不容易用世俗邏輯看懂，然而民間編成了舞台劇，真心感覺到晴雯撕扇的悲壯快樂。

晴雯的故事還有「補裘」，還有臨死前咬斷指甲交給寶玉，都有裂帛之聲。

霽月難逢，彩雲易散。
心比天高，身為下賤。
風流靈巧招人怨。
壽夭多因誹謗生，多情公子空牽念。

晴雯

三十

寶玉捱打

賈政做官做得戰戰兢兢，他本質懦弱無能，最怕得罪權貴。
賈政罵寶玉的話耐人尋味，他顯然並不反對老王爺以金錢權勢霸佔一個男優，
他也似乎不反對兒子跟男優的同性戀關係，
他只是懼怕權勢鬥爭，怕得罪了老王爺，他要遭殃，要連官都做不成。

寶玉在《紅樓夢》第三十三回捱了父親賈政一頓毒打，差點死去。

對於一部長篇小說，寶玉的捱打是情節上的一波高潮，總結了前面作者刻意鋪敘的兩條線索。

一條線索是寶玉與母親王夫人的貼身丫頭金釧的關係，引起金釧投井自殺。

另一條線索則是寶玉跟反串唱女角的男優蔣玉菡的來往曝光，引發忠順王府派人到賈府拿人。

第三十三回事件高潮迭起，首先是金釧跳井死了的消息傳來，賈寶玉這個十三歲上下的青少年聽到這個消息，痛不欲生。這些丫頭都是他從小一起長大、最親密的玩伴，因為他受辱而死，他當然「五內摧傷」。

金釧的故事在三十回裡描述過，賈寶玉頑皮，在母親午睡時逗弄了金釧的耳墜子，講了幾句親密的話。讀者看三十回這兩人的關係，或許覺得不過是兩個中學男生女生嬉鬧好玩的動作。然而假裝睡著的王夫人，卻一口咬定是金釧這「小娼婦」要勾引她的兒子，因此發怒，打了金釧一巴掌，趕了出去。

金釧背負勾引少爺的罪名，難以忍受侮辱，就投井自殺了。

華人的倫理世界，母親大多是容不得兒子愛另外一個女性的。賈寶玉一個才十三歲初初發育的男孩，只是如此輕微地表現一點對金釧的喜歡，一向唸佛慈悲的母親，就立刻露出她自己可能都不知道的霸道殘酷。

王夫人其實是一個沒有安全感的貴婦，生在權貴豪門，丈夫賈政也是世代做官家族，賈政自己就有兩個丫頭出身的妾——周姨娘、趙姨娘。王夫人因此有恐懼丫頭的情結吧，潛意識裡丫頭都是「娼婦」、「狐狸精」，都會勾引男主人。她疼愛賈寶玉，賈寶玉這個兒子像是她身分權力的保障，她要把兒子緊緊抓在手中，隨時虎視眈眈，撲殺旁邊可能誘惑兒子的任何女性。可憐的金釧因此而死，以後還有同樣命運的晴雯，也因此而死。

西方有佛洛伊德從心理分析探究母親與兒子的情結糾纏，中國有上千年婆婆與媳婦死敵般的惡劣關係，《紅樓夢》卻以如此委婉又沉痛的方式說出或控訴了「母權」的可怕真相，讓人心驚肉跳。

金釧投井自殺，一向恨寶玉的弟弟賈環，藉機在父親賈政面前咬耳朵，說是賈寶玉強姦金釧不遂，金釧被打了一頓，才賭氣投井自殺。

賈寶玉與金釧少男少女的玩笑小事，越傳越離譜，最後的罪名變成是「逼淫母婢」，傳到父親耳中，賈政當然氣得半死，也是八卦殺人的一例。

第二條線索是蔣玉菡，這個在戲班裡藝名叫「琪官」的俊美少年，不但人長得美，戲唱得好，也是許多有權有勢的男人覬覦垂涎的對象。

蔣玉菡跟寶玉一見面，兩人就交好起來，交換私密信物汗巾子。有趣的是，作者其實沒有明白交代他們兩人究竟有沒有肉體的關係。但是外面的謠言緋聞八卦，一定也已沸沸揚揚。

當時琪官被年老有權勢的忠順王爺包養，據為自己私人所有的男寵。琪官這美少年，大概也不願意像寵物一樣被老王爺豢養霸佔吧，常常逃離在外，有自己的私生活。外面就流傳著八卦謠言，說琪官是跟寶玉要好了，住在一處。老王爺人老了，還是會吃醋忌妒。因為一生在權貴中，處理情感也一樣玩弄權力，一生氣，就倚仗權勢派人到賈府興師問罪，要質問寶玉，捉拿琪官。

這有點像今天兩個中學酷兒男生談戀愛，忽然殺進一個年老有錢的富商巨賈或政壇要員，硬生生要用權力拆散一對好姻緣。這樣的事情，換在今天，大概多少會有點顧忌，不敢如此張揚。忠順老王爺卻大剌剌派人直闖賈府，毫不隱諱，公然到別人家捉拿一個自己包養的第三性公關，委實不堪。

更有趣的是，賈寶玉的父親賈政，一個政府大官，平日滿口道德文章，此時被老王爺派來的管家指責，表現得低聲下氣。賈政做官做得戰戰兢兢，他本質懦弱無能，最怕得罪權貴，他當著眾人罵兒子寶玉的話，值得細讀，透露了賈政真正的心思：「那琪官現是忠順王爺駕前承奉的人，你是何等草芥，無故引逗他出來，如今禍及於我。」

翻譯成今天的白話，這句話是說：琪官是老王爺包養的男寵，你寶玉是什麼東西，敢去招惹，如今要害老爸連官都做不成了。

賈政罵寶玉的話耐人尋味，他顯然並不反對老王爺以金錢權勢霸佔一個男優，他也似乎不反對兒子跟男優的同性戀關係，他只是懼怕權勢鬥爭，怕得罪了老王爺，他要遭殃，要連官都做不成。

金釧的自殺，琪官的事件，兩件事一起爆發，賈政因此大怒，給賈寶玉安上了兩條罪名——「在外流蕩優伶，表贈私物；在家荒疏學業，逼淫母婢。」

文人罵人的話也都很典雅，像一幅工整的對聯。今日青年讀者或許因為文字對仗工整，容易忽略內容的本意，所以也還是借用今日情境白話解說一回：在外面勾搭戲子，搞同性戀，私贈內衣；在家裡不好好讀書，姦淫母親的傭人。

寶玉被堵起了嘴，按在長條凳上用大板子打。原來是命令僕人打，打了十來下，賈政嫌打得不夠重，奪過板子，親自又打了十來下，打到寶玉從哭叫到最後「氣弱聲嘶」。

寶玉母親趕來相救，賈政還作勢要勒死寶玉。

《紅樓夢》作者在寶玉捱打家暴之後，讓大家靜靜看著一個畫面——十三歲的男孩，已經面白氣弱，作者忽然寫到這男孩下身「一條綠紗小衣，一片皆是血漬。」

少年身上一條薄紗的內褲，綠色的，上面沾染著斑斑紅色血痕。

控訴或許不用直說，好的文學，留下如此讓讀者永遠觸目心驚的畫面。

結語

懺悔錄

我一直覺得《紅樓夢》是一部作者的「懺悔錄」。

歐洲啟蒙運動時有盧梭的《懺悔錄》，書寫人性、書寫文明的基礎核心在自己向內的反省、檢查、批判，這是歐洲知識分子對人性啟蒙的共同信仰。

有書寫自己一生《懺悔錄》的誠實與勇氣，人性價值才得以建立，從啟蒙運動的諸多哲人開始，一直到近代的沙特、傅柯，莫不如此，建構起西方知識者對自己嚴厲的道德省視與批判。

是的，道德批判的真實意義，並不在把道德的苛刻要求加諸於他人身上，正好相反，道德批判是不斷指向自己內在的檢查力量。

歷史上常常看到，不斷放大對他人攻擊、謾罵的知識者，通常極大多數，最後都恰恰是道德上最劣質的小人。近代中國的文化大革命，就充分顯示了這種劣質人性如瘟疫一般的蔓延。

《紅樓夢》創作的年代與西方啟蒙運動時間相差不遠，《紅樓夢》的作者在巨大的時代主流思潮壓力下，反省自身存在的價值，反省人性的價值，毫不留情地揭發自己內在的慾望、情感、愛、恨，揭發自己在保守迂腐的家族倫理與社會結構下自我的妥協畏縮。

《紅樓夢》創造了一群青春叛逆的青少年形象，《紅樓夢》的主題或許並不只是書寫賈寶玉這一青少年的愛情故事，而是書寫這一承擔了家族四、五代富貴的青少年心裡巨大的苦悶與自我批判。苦悶，但找不到出路；自我批判，但無法與腐敗倫理一刀兩斷。《紅樓夢》千絲萬縷，最終是個人含淚懺悔，於事無補，但的確是一個民族啟蒙的開始吧。

回頭看《紅樓夢》第三回，賈寶玉和林黛玉見面，作者仔細描述了賈寶玉的長相穿著，但是話鋒忽然一轉，說了一句：「看其外貌最是極好，卻難知其底細。」

作者要大膽揭發自己的「底細」了！

接下來，作者就用了兩首〈西江月〉，揭發了「外貌極好」的賈寶玉內在的評價。這兩首詞，正是作者對自我的嚴厲批判吧：

無故尋愁覓恨，有時似傻如狂。縱然生得好皮囊，腹內原來草莽。
潦倒不通世務，愚頑怕讀文章。行為偏僻性乖張，那管世人誹謗。

這是典型的「懺悔錄」文體，文學的世界裡，很少有作家這樣直接徹底地對自己做揭發與批判。賈寶玉當然就是作者本人，全書許多人物，作者也沒有對任何一個角色做如此嚴厲的批判貶損。

「潦倒」、「愚頑」都不是好話，也很少有人會用在自己身上。

「愚頑怕讀文章」這句話耐人尋味，寫了《紅樓夢》這樣一部偉大小說的作家，竟然是「怕讀文章」的嗎？

《紅樓夢》裡詩、詞、歌、賦、誄文，樣樣都有，作者各種文體都寫得好，然而他說自己「愚頑怕讀文章」，是害怕為了考試做官或得獎才寫的「文章」吧。寫「文章」有了目的性，有了功利性，就一定遠遠離開了「懺悔錄」反省自我的核心價值。

「懺悔錄」型態的文學，多是創作者經歷繁華夢幻後生命的大澈大悟，是含著眼淚在鏡子裡凝視自我的悲欣交集，作者的下筆因此也特別不留情。

再看第二首詞：

富貴不知樂業，貧窮難耐淒涼。可憐辜負好時光，於國於家無望。
天下無能第一，古今不肖無雙。寄言紈褲與膏粱，莫效此兒形狀。

主流社會價值的「國」與「家」都被否定了，作者把一個青春期的青少年，從世俗的倫理價值裡救贖了出來。

為什麼要對「國」「家」有望？個人的存活價值只是完成「國」與「家」的偉大招牌嗎？

為「國」盡忠？為「家」盡孝？

《紅樓夢》的作者大膽宣告了一個青少年「於國於家無望」的真實叛逆，叛逆了當時社會的主流價值，也叛逆了直到今天華人世界仍然無法擺脫的儒家奉為圭臬的忠與孝。

作者隱晦委婉地書寫了家族官場男性的腐敗墮落，那些「濁臭逼人」的男子，都高舉著「於國於家有望」的金字招牌，享受著榮華富貴，然而他們真實的行為，書中都有描寫，有的是逼姦兒媳婦，有的是染指母親的婢女，包養第三性公關，他們為非作歹，作者看得清清楚楚，一筆一筆記錄下來，然而作者卻不是要指責他人，而是自己一個人孤獨地承擔家族所有的罪。「懺悔錄」不是個人的贖罪，而是為家族贖罪。作者沒有批判書中其他官場的腐敗者，卻把矛頭指向自己，叫出「於國、於家、無望」的傷痛吶喊。

這樣腐敗的「家」，這樣腐敗的「國」，是他應該還要懷抱著希望的嗎？

「無能第一」、「不肖無雙」，《紅樓夢》的作者是如此批判自己的，比起一般作家的自吹自擂，自認為「無能」、「不肖」，或許才正是一個偉大書寫者成就自己的開始。

「無能」使作者走向自我反思，「不肖」使作者與世俗主流價值劃清了界線。立足在「無能」「不肖」的邊緣角落，才有了省視一切主流價值偽善性的可能嗎？

《紅樓夢》從這兩首詞來看，是作者真實的自我批判，是十八世紀華人社會真實的「懺悔錄」，是十八世紀華人社會與歐洲同步的啓蒙運動的開始。只是，歐洲此後的啓蒙運動波瀾壯闊，而華人社會人性啓蒙的後續生命力，卻被大量權力結構的既得利益者殘酷撲殺，夭折的夭折，扭曲的扭曲。

一直到今天，彷彿《紅樓夢》的自我批叛、自我反省的聲音，在華人社會還是顯得如此微弱。

附錄　本書所寫人物關係簡表

薛府

- 薛姨媽
  - 薛蟠
    - （妾）香菱，即英蓮
      - （香菱之父）甄士隱
    - （情敵）馮淵
    - （契弟）金榮、香憐、玉愛等
  - 薛寶釵
    - （丫頭）鶯兒

王府

- 王子騰（姪女）王熙鳳（賈璉之妻）
- 王夫人（寶玉母親）
- 薛姨媽（薛王氏，寶釵母親）

史府

- 賈母史太君（姪孫女）史湘雲

劉姥姥

- 劉氏
  - （夫）王狗兒
  - （子）板兒
  - （女）青兒

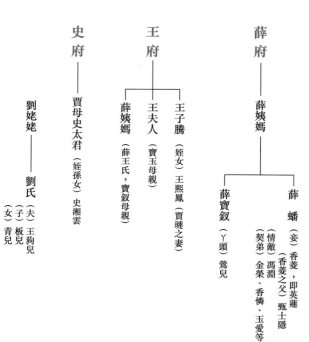

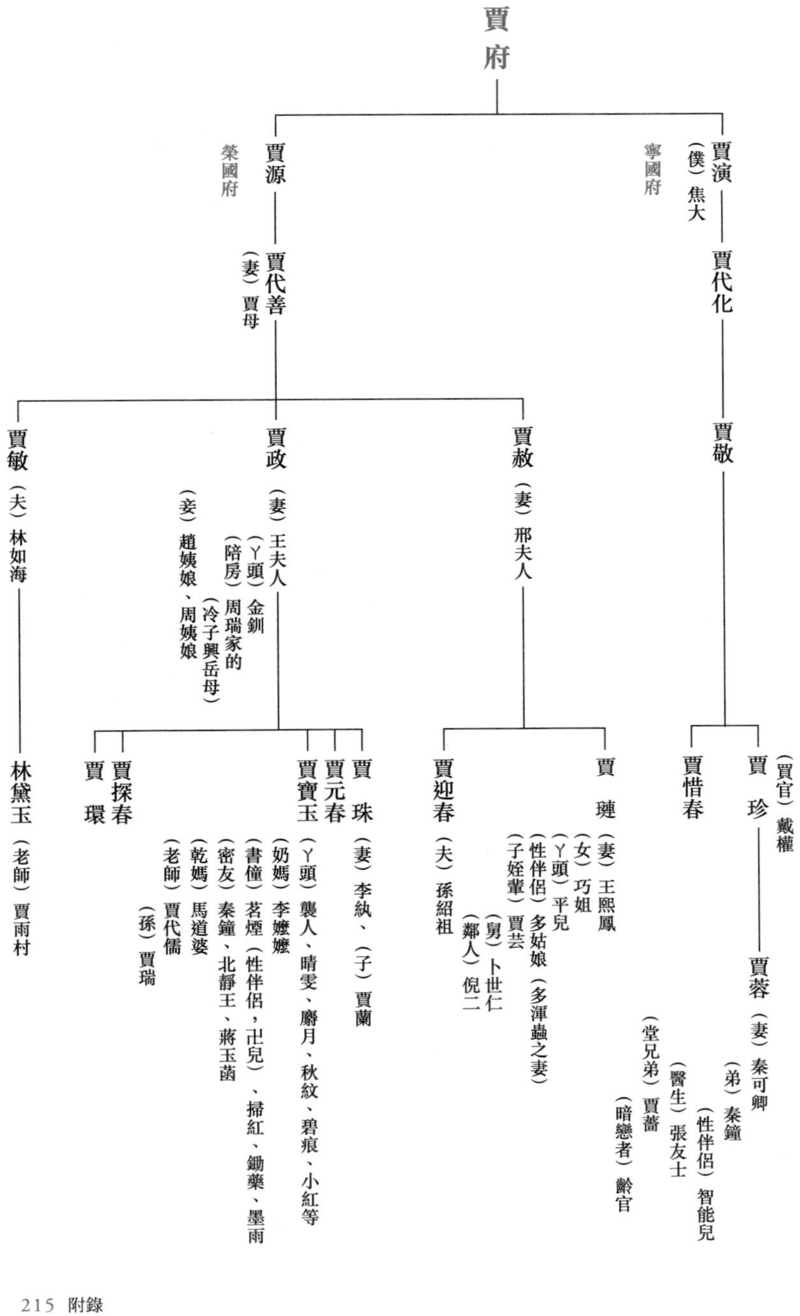
賈府
榮國府
賈源
賈代善
（妻）賈母
寧國府
賈演
（僕）焦大
賈代化
賈敬
賈敏
（夫）林如海
林黛玉
（老師）賈雨村
賈政
（妻）王夫人
（丫頭）金釧
（陪房）周瑞家的（冷子興岳母）
（妾）趙姨娘、周姨娘
賈環
賈探春
賈寶玉
（丫頭）襲人、晴雯、麝月、秋紋、碧痕、小紅等
（奶媽）李嬤嬤
（書僮）茗煙（性伴侶，卍兒）、掃紅、鋤藥、墨雨
（密友）秦鐘、北靜王、蔣玉菡
（乾媽）馬道婆
（老師）賈代儒
（孫）賈瑞
賈元春
賈珠
（妻）李紈、（子）賈蘭
賈赦
（妻）邢夫人
賈迎春
（夫）孫紹祖
賈璉
（妻）王熙鳳
（女）巧姐
（丫頭）平兒
（性伴侶）多姑娘（多渾蟲之妻）
（子姪輩）賈芸
（舅）卜世仁
（鄰人）倪二
賈惜春
賈珍
（買官）戴權
賈蓉
（妻）秦可卿
（弟）秦鐘
（性伴侶）智能兒
（醫生）張友士
（堂兄弟）賈薔
（暗戀者）齡官

國家圖書館出版品預行編目資料

微塵眾：紅樓夢小人物 I／蔣勳作. --初版. --臺北市：遠流, 2014.01
面； 公分. --（綠蠹魚叢書；YLK66）
ISBN 978-957-32-7342-4（平裝）
1.紅學 2.人物志 3.研究考訂
857.49 102026087

綠蠹魚叢書 YLK66
夢紅樓系列
微塵眾 紅樓夢小人物 I

作者	蔣勳
出版四部總編輯暨總監	曾文娟
資深主編	鄭祥琳
行政編輯	江雯婷
企劃	王紀友
美術設計	林秦華
圖片出處	清乾隆本《新鐫全部繡像紅樓夢》頁22、66 民國本《增評加注全圖紅樓夢》頁34、90、116、158 清光緒本《增評補像全圖金玉緣》頁40、96、140 清光緒本《增評補圖石頭記》頁46、72、78、102、110、202 清光緒本《紅樓夢圖詠》頁52、59、84、109、122、128、134、164、176、188、201 清刻本《紅樓夢散套》頁60、146、152、170 清光緒本《繡像紅樓夢》頁182 民國本《全圖增評金玉緣》頁194
發行人	王榮文
出版發行	遠流出版事業股份有限公司
地址	104005 台北市中山北路一段11號13樓
電話／傳真	(02)2571-0297／(02)2571-0197
郵撥	0189456-1
著作權顧問	蕭雄淋律師
2014年 1 月 1 日	初版一刷
2023年 7 月16日	初版十刷

定價：新台幣300元（缺頁或破損的書．請寄回更換）

ISBN 978-957-32-7342-4

YLib 遠流博識網
http://www.ylib.com E-mail: ylib@ylib.com